정약용 좀 아는 특별반 아이들

설흔 글 | 인디고 그림

* 차례 *

- 머리말을 대신하여   8

1장   첫 번째 수업①   17
2장   첫 번째 수업②   28
3장   첫 번째 수업③   35

4장   두 번째 수업①   49
5장   두 번째 수업②   67
6장   두 번째 수업③   76

7장   금정 찰방으로 부임하는 정약용   92

8장	세 번째 수업 ①	112
9장	세 번째 수업 ②	120
10장	세 번째 수업 ③	125
11장	세 번째 수업 ④	133
12장	세 번째 수업 ⑤	139
13장	네 번째 수업 ①	146
14장	네 번째 수업 ②	154
15장	네 번째 수업 ③	163
16장	네 번째 수업 ④	168
17장	네 번째 수업 ⑤	175
18장	금정에 도착한 정약용	188

- 후기를 대신하여   191
- 정약용 관련 사건들   196

* 등장인물 소개 *

까마귀 마른 체형으로 늘 검은 옷을 입는다. 모범적이면서도 독특성을 중시한다. 손에 자를 들고 있다가 마음에 들지 않을 때는 자로 응징한다. 자기 실수에는 관대하고 남의 실수에는 가차 없이 응징한다.

올빼미 짧은 머리에 금테 안경을 썼다. 애착 수건을 손에 쥐고 있는데 긴장을 하면 수건을 꽉 움켜쥐거나 손목에 묶었다 풀었다 해서 수건이 가늘고 앙상해졌다.

나무늘보 눈이 작고 덩치가 크다. 대답은 반 박자 느리지만, 서늘하게 마음을 흔드는 웃음을 짓고 있다. 한때 야구선수였다.

하이에나 뒷자리에 앉아 거들먹거리며 자기가 대장인 것처럼 행동한다. 배우 지망생으로, 겉멋이 가득하지만 은근히 날카롭고 끈질긴 스타일이다.

토끼 귀가 크고 행동이 가볍고 명랑하다. 말을 좀 더듬는다. 누가 말하면 가장 먼저 반응하고, 참을성이 없는 자신을 좋아하지 않지만, 스스로 통제하지 못한다.

선생님 남양주에 있는 한 학교의 국어 선생님으로, 감정을 잘 숨기지 못한다. 실수를 저지르는 바람에 가혹하고 냉정한 교장으로부터 정약용 연구반을 만들고 정약용의 실수를 연구해 독창적인 결과물을 제출하라는 요구를 받았다.

정약용 조선 최고의 학자로 인정받고 있지만, 알고 보면 많은 실수를 저지른 평범한 인간이다. 정조의 신임을 받고 의기양양하다가 주변의 시샘과 질투로 인해 승지에서 찰방으로 좌천된다. 금정의 찰방으로 부임하는 도중, 검은 구멍에 빠지면서 놀라운 일과 맞닥뜨린다.

* 머리말을 대신하여 *

정직하게 말하겠습니다. 이 책은 제 작품이 아닙니다. 이 책의 원고 주인은 남양주시 어느 학교의 국어 선생님입니다. 선생님은 저와 처음 만나 인사를 나누기 무섭게 사연과 용건을 빠르게 전한 후 다짜고짜 원고를 내놓았습니다. 그러고는 제 손을 꼭 잡고 부탁했습니다.

"작가님에겐 간단한 일일 겁니다."

이상한 부탁이었습니다. 선생님은 자신이 제안한 '간단한' 일을 제가 이미 수락한 것처럼 말했습니다. 사실 저는 그 간단한 일은 시작도 할 수 없었습니다. 선생님이 다짜고짜 제 손을 잡는 바람에 원고를 넘겨볼 수 없었으니까요. 저는 손을 슬며시 빼며 선생님에게 정중하게 말했습니다.

"선생님의 의사는 존중하겠습니다. 그런데 저는 동아리 문집을 고쳐 주는 작업은 하지 않습니다."

백 퍼센트 진심이었습니다. 다른 작가라도 마찬가지였을 것입니다. 작가는 글을 창작하는 사람이지 대신 쓰거나 고쳐 주는 사람은 아니니까요. 게다가 학생들의 동아리 문집이라니, 제가 아무리 삼류 작가라도 자존심이 크게 상하는 일이었지요.

하지만 선생님은 제 말을 들은 것인지 안 들은 것인지, 근본적으로 청력에 이상이 있는 것인지 홀로 진도를 마구 나갔습니다. 마지막엔 원고를 수정하는 예산이 따로 잡혀 있지 않다며 재능 기부를 진지하게 제안했습니다!

그렇습니다. 제 명확한 거부 의사에도 선생님은 물러서지 않았습니다. 물러서기는커녕 오히려 기세등등해졌습니다. 원고를 손바닥으로 탁탁 치며 언성을 높였습니다.

"제 이야기는 귓등으로 들으셨습니까? 단순한 문집이 아니라니까요. 최소한 읽어는 보고 말씀하셔야 하는 것 아닙니까?"

적반하장의 생생한 사례! 강연하러 이웃 학교에 온 저를 꼭 만나고 싶다며 연락한 건 선생님이었습니다. 부탁한 건 선생님이었지 제가 아니었다는 말입니다. 게다가 저는 목차를 살필 시간조차 없었습니다! 선생님은 저를 학생들의 성과를 무시하는 돼먹지 않은 작가라는 식의, 학생은 존중하지도 않으면서 청소년 작가라는 타이틀만 누리려는, 겉 다르고 속 다른 파렴치범으로 몰아붙였습니다.

화를 내지는 않았습니다. 살다 보면 운이 무척 나쁜 날도 있는 법이니까요. 청소년 작가라는 타이틀로 도대체 뭘 누린다는 건지……. 저는 그저 웃으며 고개만 살짝 저었습니다. 선생님이 죽어도 하고 싶지 않다는 제 진심을 알아주고, 제 앞에서 최대한 빠르게 사라지길 바라면서요.

선생님은 깊은 한숨을 내쉰 후에 말했습니다.

"다짜고짜 부탁하는 게 결례라는 건 저도 압니다."

저는 겉으로는 그저 웃었지만, 속으로는 잔뜩 인상을 썼습니다. 흥, 이제 와서요?

선생님은 한 번 더 깊은 한숨을 내쉰 후 말했습니다.

"다만 사정이 있습니다. 제출일이 코앞입니다. 교장은 가혹한 사람이라 이대로라면 분명 퇴짜입니다. 저도, 학생들도 용서받지 못할 겁니다. 미래가 사라지는 겁니다. 실수를 저지른 대가치고는 가혹하지 않습니까?"

제가 이 원고를 펼쳐 볼 생각을 진지하게 한 건 이 말 때문이었습니다. 제출일, 가혹한 교장, 사라지는 미래, 게다가 실수에 용서와 대가는 또 뭐란 말입니까?

드디어 원고에 손을 대고 선생님이 내뱉은 말만큼이나 기묘한 느낌을 주는 첫 장을 읽는 동안 – 정확히 말하면 읽다 멈추고 표지 제목을 두세 번은 확인했습니다. 제대로 읽은 게 맞나 싶어서요 – 선생님은 독백하는 연극배우처럼 허공에 대고 말했습니다.

"우리는 다들 큰 실수를 저질렀습니다. 가혹하고 냉정한 교장에게 용서를 받는 방법은 한 가지, 교장의 요구대로 정약용 연구반을 만드는 것, 그리고 정약용이 저지른 여러 실수를 연구한 후 이제껏 누구도 시도하지 않은 독창적인 결과물을 제출하는 것뿐이었습니다. 하지만 저는 제 생각보다 훨씬 더 경험이 부족하고 한심한 사람이었습니다. 어찌어찌 일을 꾸미고 벌여는 놓았는데 마무리 지을 방법을 찾지 못했습니다."

저는 읽기를 멈추고 선생님에게 말했습니다.

"두 가지 질문이 있습니다."

선생님은 그렇겠지요, 하는 확신에 찬 표정으로 고개를 끄덕였습니다.

"첫 번째 질문입니다. 선생님과 학생들은 도대체 어떤 실수를 저질렀습니까?"

선생님은 주저 없이 말했습니다.

"지옥에 끌려가도 말할 수 없습니다."

저는 조금 전 선생님이 지은 것과 똑같은 표정으로 고개를 끄덕였습니다. 왠지 그럴 것 같은 느낌이었거든요. 하지만 지옥이라니, 넷플릭스 드라마도 아니고……. 갑작스러운 초현실적인 확장에 좀 난데없다는 생각도 들었습니다.

"두 번째 질문입니다. 선생님이 하신 말씀에 따르면 원고는 동아리 활동을 결산하는 문집, 혹은 일종의 결과 보고서처럼 보입니다. 그런데 방금 읽은 첫 장은 보고서라기보다 소설에 더 가깝습니다. 제가 제대로 읽은 게…….."

"이미 말했잖습니까?"

"네?"

"교장이 독창적인 글쓰기를 요구했기 때문입니다. 바꿔 말하면 평범한 방식의 보고서로는 학생들과 제가 저지른 실수를 만회할 길이 없었기 때문입니다. 그래서 제가 아는 온갖 방법을 다 짜내게 된 거고요."

자랑은 아니지만, 저는 귀가 좋은 사람입니다. 머리도 그다지 나쁘지는 않습니다. 하지만 선생님 말은 제대로 들었는데도 이해하기 어려웠습니다. 어쩌면 그때가 제가 일을 거절할 마지막 기회였을 것입니다. 저 또한 실수를 저질렀습니다. 호기심이 이성을 누르고 말았습니다.

"질문이 하나 더 있는데요.."

"네."

"왜 정약용입니까?"

선생님의 얼굴에 일종의, 오해가 아니라 분명히 지겨움 혹은 저를 한심하게 여기는 멸시의 표정이 스쳐 지나, 아니 확실히 그런 표정을 지었습니다. 선생님이 고개를 살짝 숙이며 말했습니다.

"이런, 또 실수했네요. 이 일을 진행하면서 너무 많이 들은 질문이라서요. 그리고 죄송합니다만, 제가 표정을 잘 숨기지 못합니다."

"뭐, 그러리라 짐작은 했습니다."

"공식적인 답변과 비공식적인 답변이 있습니다. 공식적인 답변은 이렇습니다. 정약용은 우리 학교가 자리한 남양주시에서 태어났으며, 교장은 자칭 정약용 전문가입니다. 비공식적인 답변은 이렇습니다. 저도 모릅니다. 교장은 명령했으며, 우리는 수행했을 뿐입니다."

"제 질문은 그게 아닙니다. 왜 정약용의 실수를 다뤘느냐는 겁니다. 정약용은 대단한 학자였으니 그가 이룬 업적, 혹은 집념과 끈기를 살피는 게 자연스럽지 않습니까? 업적과 나란히 놓기에 실수는, 이 방면에는 무지해서 잘 떠오르지는 않으나 혹시라도 있다면, 지극히 사소한 주제 아닌가요?"

"다시 말씀드리겠습니다. 교장은 명령했으며, 우리는 수행했을 뿐입니다."

아마도 저는 조금 넋이 나간 얼굴로 선생님을 보았을 것입니다. 선생님이 말했습니다.

"질문이 더 있으십니까?"

"아뇨, 없습니다."

"그럼 하시는 거지요?"

"조금 더 생각할 시간이 필요합니다."

"많이는 못 드립니다."

"네."

"비용도 못 드립니다."

"네."

대화의 마지막 무렵에는 어쩐지 제가 선생님에게 빌다시피 부탁하는 느낌마저 들었지요. 계속된 어처구니없는 상황 속에서도 제가 똑 부러지게 거절하지 않은 건 글을 쓰는 사람으로서 선생님, 정확히 말하면 선생님의 정신세계에 모종의 흥미가 생겼기 때문입니다. 동아리 보고서인 이 원고의 첫 번째 글은 초현실주의 소설처럼 기묘했고, 학생들을 소개하고 수업 과정을 정리한 글들도 — 학생 소개 방식과 호칭은 정말 마음에 들었습니다! — 대충 훑어보기는 했으나 평범과는 상당히 거리가 있었습니다. 게다가 선생님의 특별한 대화법은 제가 읽은 얼마 안 되는 원고 곳곳에서 북극성처럼 환하게 빛을 발했습니다. 뭐랄까, 필요 없는 부분에서도 굳이 하는 느낌으로 말이지요.

집에 돌아온 저는 이 원고를 처음부터 끝까지 읽었습니다. 통독한 느낌은 예상과 다르지 않았습니다. 선생님은 자신이 만든 독창적인 순서에 따라 수업을 진행해 나갔고, 그 독창성은 보고서

전체에 여과 없이 드러났습니다. 선생님의 대화법과 수업 방식에 영향을 받은 것이 분명한 학생들의 관점과 글 또한 꽤 독특했습니다. 아마도 정약용을 전혀 몰랐기에 학생들은 자유분방한 태도로 정약용의 실수를 꼬집는 글을 쓸 수 있었던 것 같습니다.

그러나 선생님이 저에게 털어놓았듯 완성도 면에서 상당한 문제가 있었습니다. 학생들이 고른 정약용의 실수에는 아리송한 것들이 있었으며, 다루는 방식에도 상당한 편차가 있었습니다. 선생님이 작성한 보고서의 서술 방식 또한 선생님의 앞서가는 의도를 따라가지 못했습니다. 게다가 보고서 전반에 드러나는 기묘한 독특함이 과연 잔혹하고 냉정한 교장이 요구한 독창적인 글쓰기인가 하는 지점에서도 고개를 갸웃하지 않을 수 없었습니다.

저는 깊이 고민하지 않기로 했습니다. 어차피 제 작품이 아니니까요. 결론을 내렸습니다. 선생님의 요청을 수락하되 크게 손대지 않기로 했습니다. 그저 글의 순서를 바꾸고, 지나치게 어색한 문장을 손보고, 소제목을 붙인 후 흥미를 높일 간단한 주를 다는 선에서 일을 마치기로 한 것입니다. 여러분이 읽을 이 책은 그러한 제 작업의 결과물입니다.

네, 인정합니다. 제가 이미 밝혔듯 아무리 너그러운 기준에서 살펴도 보고서로는 보이지 않을 겁니다. 이 보고서가 선생님과 학생들이 저질렀다는 실수를 만회할 만한 결과물인지도 의심스러울 겁니다. 게다가 정약용의 실수를 제대로 다룬 보고서인지도 확실하지 않습니다. 심지어 후반부로 가면 실수, 잘못, 죄의 개념 등이 마구 섞여 등장합니다.

어쩔 수 없는 일입니다. 제 재주가 아무리 신출귀몰하더라도 맹물로 포도주를 만들 수는 없으니까요. 무엇보다 실수를 저지른 사람은 제가 아닙니다.

마지막으로 한 가지 더……. 아닙니다. '후기를 대신하여'에서 말씀드리는 게 좋겠군요. 미스터리는 마지막 장의 반전으로 비로소 깔끔하게 해결되는 법이니까요.

1장
첫 번째 수업 ①

교장이 죄인이라고 선언, 혹은 판결한 학생 다섯 명이
별관 301호에 모이게 된 과정을 나무늘보의 관점으로 설명합니다.
나머지 네 학생이 겪은 일 또한 나무늘보와 비슷할 것입니다.

교실보다 조금 작고 어둡게 느껴지는 공간에는 아무도 없었다. 나무늘보는 먼지 많은 창가로 다가갔다. 그다지 볼거리도 없는 바깥을 바라보며 조금 전에 들은 교장의 말을 생각했다. 교장은 손가락으로 탁자를 쉼 없이 두드리다 갑자기 멈추고 말했다.

"너희는 죄인이다."

교장의 표정은 근엄했다. 교장이 잠시 침묵한 사이, 나무늘보는 교장의 말이라기보다 선언 같은, 혹은 판결 같은 표현을 생각했다. 가장 중요한 단어는 죄인일 것이다. 죄인. 죄인은 어떤 사람일까?

> **죄를 지었으면
> 벌을 받아야 한다.**

나무늘보는 당장 휴대폰을 꺼내고 싶었다. 사전 앱을 열어 죄인의 정확한 의미를 찾아보고 싶었다. 불가능한 소망이었다. 나무늘보 앞에는 근엄한 표정으로 침묵을 지키는 교장이 있고, 이미 나무늘보를 죄인으로 규정한 교장은 나무늘보가 휴대폰을 꺼내는 행위를 절대로 용납하지 않을 것이다.

교장이 말했다.

"죄를 지었으면 벌을 받아야 한다. 그것이 세상의 법칙이다."

죄와 벌. 들어 본 적이 있는 익숙한 조합이었다. 설령 들어 본 적 없더라도 죄에서 벌로 이어지는 연결은 산과 강, 공기와 물처럼 매끄럽고 자연스러웠다. 세상의 법칙을 잘 안다고 말하기 어려운 나무늘보가 그렇군, 그게 바로 세상의 법칙이군, 하고 생각하며 고개를 끄덕거린 이유였다. 하지만.

"너희는 학생이다."

"네, 저는 학생입니다."

교장이 나무늘보를 보았다. 반항의 기운이 다분한 대답에 교장의 입은 경악으로 약간 삐뚤게 벌어졌다. 매서운 눈초리 주변에 힐난이라는 글자가 견고딕체로 새겨졌다. 나무늘보는 침을 삼켰다. 교장은 나무늘보를 오해했다. 나무늘보는 장난을 치거나 반항한 것이 아니었다. 기가 잔뜩 죽은 나머지 교장의 말을 그대로 인정했을 뿐이었다. 한때 야구 선수였던 나무늘보에겐 윗사람의 명령을 무조건 따라서 말하는 복창의 습관이 아직 남아 있었다. 나무늘보는 항복하듯 고개를 푹 숙였다. 교장이 한숨을 내쉰 후 말했다.

"너희는 학생이다. 내 말의 뜻을 아는가?"

교장의 마지막 말은 질문의 형태였다. 나무늘보가 답해야 한다는 의미였다. 나무늘보는 여전히 고개를 푹 숙인 채 생각했다. 교장의 질문은 답하기 쉬운 것 같으면서도 어려웠다. 쉽게 생각하면 네, 라고 답하면 될 것이었다. 나무늘보는 학생이 분명했으므로. 하지만 교장은 나무늘보가 학생이라는 사실을 이미 알고 있다. 그런데 왜 그 사실을 궁금해하고 질문까지 하는가?

그렇다면 교장의 질문에는 함정이 있는 것이다. 난감해진 나무늘보는 속이 답답해져 조금 전의 교장처럼 한숨을 쉬고 싶었다. 그러나.

죄인 딱지가 붙은 나무늘보가 한 차례 경고를 받았는데도 마치 교장을 흉내 내는 것처럼 깊은 한숨을 쉰다면 사태는 더 나빠질 터였다. 나무늘보는 머릿속이 복잡해졌고, 호흡도 가빠졌다.

'호랑이 굴에 끌려가더라도 정신은 차리자. 노아웃 만루의 상황, 첫 타자 승부가 제일 중요해.'

별관 301호로 가라.

나무늘보는 주먹을 꽉 쥐었다. 두 다리에 힘을 주었다. 그 순간 교장이 구원의 손길을 내밀었다.

"너희는 학생이다. 학생은 세상이 아닌 학교의 법칙에 적용받는다. 내 말을 이해하겠는가?"

다행스러운 자문자답. 교장은 스스로 배트를 휘둘러 삼진을 당한 것이다. 복잡했던 나무늘보의 머릿속은 단순해졌고 가빴던 호흡도 정상으로 돌아왔다. 교장의 질문은 나무늘보에게 향한 것이 아니었다. 처음부터 나무늘보에겐 답변의 의무가 없었다. 나무늘보가 할 일은 메트로놈으로 변신해 딱딱 정확히 박자를 맞추는 것뿐이었다.

나무늘보는 고개를 세게, 힘차게 끄덕이며 대답했다.

"네."

교장은 눈살을 찌푸리며 나무늘보를 보았다. 고개까지 젓는 동작으로 보아 나무늘보의 모든 면이 마음에 들지 않는 것 같았다. 교장은 자리에서 일어나 창가로 다가갔다. 교장은 나무늘보에게 차갑거나 뜨거운 눈길조차 주지 않았다. 교장은 바깥을 바라보며 판결하듯 말했다.

"별관 301호로 가라."

교실보다 조금 작고 어둡게 느껴지는 별관 301호의 먼지 많은 창가에서 바깥을 바라보던 나무늘보는 문득 할 일이 생각난 사람처럼 서둘러 휴대폰을 꺼냈다. 사전 앱을 열어 죄인의 의미를 검색한 후 결과물을 소리 내어 읽었다.

    1. 죄를 지은 사람.
    2. 부모의 상중에 스스로를 남에게 이르는 말.
    3. [기독교] 하나님의 뜻을 거역하고 명령을 받아들이지 아니한 인간.
    4. [법률] 유죄의 확정 판결을 받은 사람.

2, 3, 4의 정의에 해당하지 않는 것은 분명했으므로 남은 건 1밖에 없었다. 죄를 지은 사람.

    죄를,
    지은,
    사람.

더 명확한 이해를 위해서는 죄의 의미를 찾아야 할 것이다. 죄를 구성하는 모든 단어의 의미를 빼놓지 않고 찾아야 할 것이다.

죄, 양심이나 도리에 벗어난 행위.

양심, 옳고 그름과 선과 악의 판단을 내리는 도덕적 의식.

도리, 사람이 어떠한 입장에서 마땅히 행하여야 할 올바른 길…….

찾으면 찾을수록 미궁이었다. 꼬리에 꼬리를 문다는 것이 바로 이런 경우였다. 나무늘보는 고개를 끄덕이며 사전 앱을 닫았다. 이만하면 되었다고 생각했다. 꼬리까지 살필 필요는 없었다. 죄를 지은 사람이라는 가장 단순하고 강력한 문장에, 설명하지 않아도 본능적으로 의미를 알 수 있는 그 문장에 이미 모든 것이 들어 있다고 생각했다. 나무늘보는 손톱 끝으로 머리를 긁었다. 그런데.

손톱에 낀 진회색 때처럼 뭔가 껄끄럽고 석연치 않은 것이 있었다. 교장은 나무늘보를 보며 줄곧 너희라고 했다. 너희는 죄인이다, 너희는 학생이다……. 그렇다면.

별관 301호의 문이 삐거덕 소리를 내며 열렸고 '너희'가 들어왔다. 나무늘보를 포함하면 다섯 명이었다. 다섯 명은 삐뚤어진 오각형의 꼭짓점에 서서 서로의 얼굴을 보았다. 7인의 결투, 아니 5인의 결투를 앞둔 황야의 총잡이처럼.

차갑고도 어색한 관찰은 오래 이어지지 못했다. 곧바로 국어 선생이 들어왔고 '너희'는 습관처럼 서둘러, 혹은 서두르는 척 느리게 움직이며 자리에 앉았다. '너희'를 흘낏 쳐다본 국어 선생은 조금 전 나무늘보, 그리고 더 조금 전 교장이 그랬던 것처럼 먼지 많은 창가로 가서 바깥을 보았다. 먼지 많은 창을 통해 보는 바깥은 아마도 명료하지 않을 것이다. 명료하지도 않은 바깥을 본다는 건 결국 자기의 내면을, 내면의 괴물을 들여다본다는 의미……. 나무늘보가 속으로 아홉을 셌을 때 선생은 교탁 앞으로 돌아왔다. 선생이 말했다.

눈을 감았다가 떴다. 세찬 바람이 불었다. 나무가 흔들렸고 말이 울었다. 말은 내 곁에 있었고, 바람에 흔들리는 푸른 대나무 숲에는 오직 온전한 나 하나뿐이었다.

꿈이었나? 환영이었나?

말에 올라탔다. 강인하면서도 부드러운 말 근육의 움직임에 몸을 맡기고 조금 전의 기이한 체험을 생각했다. '그'의 말에는 그른 것이 하나도 없었다. 나는 '나'를 잃은 사람이었다. 늘 곁에 있으리라 믿어 의심하지 않았기에 조금도 귀한 줄 모르고 허투루 간직했다가 어디선가 '나'를 잃은 사람이었다.

어려서는 과거 준비에 빠져 나를 잃었고, 조정의 관리가 된 후에는 사모관대에 비단 도포를 입고 백주 대로를 미친 듯 질주하느라 나를 잃었다. 그래서 회초리를 맞은 것이다. 광인처럼 눈을 뒤집고 숨을 헐떡거리며 돌아다니는 나를 제어하기 위해 임금은 따끔한 회초리로 나를 다스린 것이다.

"수오!"

수오, 나를 지킨다는 뜻이다. 그 이름 수오가 푸른 바람을 타고 날아와 꽉 막힌 내 귓구멍을 뚫고 들어왔다. 평생 잊어서는 안 될 귀중한 교훈. 돌아가면 서재의 이름으로 써야겠다.

돌아간다? 아, 이제 막 쫓겨난 참인데 벌써 돌아갈 날을 생각하고 있으니. 내 안에서 또 다른 '나'가 비웃듯 중얼거리는 소리가 들렸다.

"하여간 너는. 그래, 기다리다 보면 그날이 오기는 오겠지. 언제인지는 하늘도 땅도 모르지만."

그렇구나. 조금 전의 체험은 환상이 아닌 진짜였구나. 너는, 아니 나는 이미 내 안에 들어와 있구나.

세찬 바람이 불었다. 나무가 흔들렸고 말이 울었다. 이제부터라도 정신을 차리라고, 두 번 다시 나를 잃어버리지 말라고 당부하는 것처럼 세찬 바람이 불었고 나무가 흔들렸고 말이 울었다. 바람 소리 요란한 대나무숲을 잠시 바라보다 손바닥으로 아름다운 말의 갈기를 쓰다듬으며 속삭였다.

"가자, 길이 멀다."

2장
첫 번째 수업 ②

선생님은 교장의 선언을 곧장 반박합니다.

"여러분은 죄인이 아닙니다."

까마귀는 국어 선생을 쳐다보았다. 선생이 다시 말했다.

"여러분은 죄인이 아닙니다. 그저 실수한 것이지요."

선생은 잠깐 틈을 두었다가 말을 이었다.

"교장은 침소봉대하는 사람입니다. 작은 일을 키워 어렵게 만드는 인간입니다."

선생은 학생들을 쳐다보았다. 교실보다 조금 작고 어둡게 느껴지는 별관 301호에는 까마귀를 포함해 모두 다섯 명의 학생이 있었다. 교장이 죄인이라 부른 학생들은 약속이라도 한 것처럼 아무 말도 하지 않았다. 선생도 마찬가지였다. 입을 꽉 다물고 천장을 응시했다.

까마귀는 습관대로 살짝 눈을 감고 선생의 말을 검토했다. 특별 수업을 진행하러 온 선생은 교장의 말부터 서둘러 바로잡았다. 교장의 재수 없던 말은 넌더리 나도록 똑똑히 기억났다. 교장은 까마귀에게 분명하게 선언했다. 너희는 죄인이다, 라고 판사처럼 말했다.

선생은 너희를 여러분으로, 죄인을 실수로 바꾸었다. 수정 작업 후에 한 말은 흥미로웠다. 선생은 교장을 넌지시, 라기보다는 대놓고 비난했다. 침소봉대하는 인간. 바늘 크기의 흠집을 몽둥이 크기로 여긴다는 뜻. 바꿔 말하면 과장의 끝판왕. 표현이 참. 강 건너 불구경이라 재미있긴 한데, 너무 함부로 말하는 건 아닐까? 상대는 교장인데? 모르겠다. 그렇다면 나는 그 뭐냐…… 그렇지, 오불관언, 내 코가 석 자이니 남의 일 따위에 신경 쓰지 않으련다.

정리를 마친 까마귀는 눈을 뜨고 선생을 보았다. 오가며 스치듯 보았으나 직접 수업을 받아 본 적은 없었다. 관심을 끌 만한 용모는 전혀 아니었다. 그랬기에 제대로 보는 것은 지금이 처음이었다. 이렇다 할 특징이 없어서일까, 정확한 나이도 짐작이 가지 않았다. 교장보다 한참 젊은 것은 확실했다. 교장을 대놓고 비난하는 교장보다 한참 젊은, 용모는 좋게 보아 보통 수준이며 그 외에

> **실수한 사람에게
> 필요한 건 반성입니다.**

는 규정할 만한 이렇다 할 특징이 없는 선생. 둘 사이엔 도대체 무슨 사연이 숨어 있는 걸까?

"똑같은 말 아닌가요? 도대체 뭐가 다릅니까?"

학생 중 한 명이 견고하게 쌓이던 침묵을 무너뜨렸다. 귀가 크고 어딘지 가벼워 보이는 태도를 지닌 학생, 토끼를 보며 선생이 말했다.

"죄인은 벌을 받습니다. 실수한 사람에게 필요한 건 반성입니다. 자기의 잘못이나 부족함을 되돌아보는 작업이지요."

토끼를 포함, 두 명의 학생이 고개를 끄덕였다. 눈은 작고 덩치는 커서 어딘지 둔하면서 순한 느낌을 주는 나무늘보가 토끼의 끄덕거림에 한 박자 늦게 동참했다. 미묘하게 마음을 흔드는, 서늘하게 마음을 흔드는 빙긋 웃음을 지으면서.

"어떻게요?"

머리를 남자애처럼 짧게 깎고 금테 안경을 쓴 올빼미의 조급한 목소리에는 스스로 한 질문에 놀라는 기색이 담겨 있었다. 선생은 올빼미를 보며 말했다.

"안 그래도 이제부터 말할 참이었습니다."

목은 두툼하고 째진 눈은 비열해 보이는 하이에나가 몸을 흔들며 느리게 손을 들었다. 다 안다는 식의 거만한 웃음은 또 뭐람.

뒷자리에 앉아 거들먹거리며 자기가 대장인 것처럼 행동하는 유형. 내가 제일 싫어하는 유형.

하이에나가 말했다.

"선생님도 죄를 지으신 겁니까? 아, 죄송합니다. 죄가 아니었지? 뭐더라, 그렇지, 실수하신 겁니까?"

선생의 표정에 샛노랗게 들뜬 당황이 둥실 떠올랐다. 오호라, 또 다른 재주가 있었네. 비열하고 거만한 하이에나는 활쏘기의 명수였다. 한 발로 단번에 정곡을 찔렀으니.

손바닥으로 조심스레 당황을 밀쳐 낸 선생이 까마귀를 보며 말했다.

"학생은 어떻게 생각합니까?"

"네."

"아!"

선생은 연극 무대에 선 듯 인공적으로 깊이 탄식하며 고개를 느리게 끄덕였다. 선생이 말했다.

"네라, 기가 막힌 대답이로군요. 무심하면서도 오히려 저를 극한으로 밀어붙이는 듯한 매서운 대답."

선생은 자신의 말에 대한 논평이라도 기대하는 얼굴로 까마귀를 보았다. 까마귀는 조금 당황했다. 뭐지?

선생은 오해했다. 관찰에 심취한 까마귀는 갑작스러운 지적에 놀라 자기도 모르게, 혹은 습관처럼 네, 하고 대답한 것뿐이었다. 아뇨, 보다는 언제나 나은 대답이니까.

모르겠다. 될 대로 되라지. 고쳐 말하자니 귀찮고, 논평은 더 싫었다. 빠르게 머리를 굴려 보니 나쁜 대답도 아니었다. 개성적인 대답. 모범적이면서도 독특성을 중시하는 자신과 어울리는 대답. 그래서 그냥 웃었다. 선생이 말했다.

"맞습니다. 저도 실수를 했습니다. 교장이 죄라고 부를 만한 큰 실수를 저질렀습니다. 교장은 벌을 주는 대신 여러분과 함께 반성하라는 명령을 내렸습니다. 참 성가신 사람이지요. 사람을 괴롭히는 데 도가 튼 인간입니다. 그런 식으로 수십 년을 살아온 인간입니다. 그랬기에 방학 첫날인데 쉬지도 못하고 이 수업 아닌 수업을 맡아서 진행하게 된 것이지요. 그럼 정리해 보겠습니다. 이 특별 수업의 목적은 앞에서 말했다시피 반성, 즉 자기의 잘못이나 부족함을 되돌아보는 것입니다. 수업의 방식은 ……."

현란한 만화경 같은 선생의 말을 무심히 듣다가 공격을 당했다. 하이에나가 불시에 다가와 어깨를 물어뜯었다. 하이에나는 까마귀의 어깨를 주먹으로 툭, 친 후 매섭게 노려보며 속삭였다.

"너, 사흘 굶은 까마귀냐?"

"뭐?"

"비쩍 마른 계집애가 왜 온통 까만 옷을 입고 왔어?"

하이에나는 이번에도 정곡을 정확히 찔렀다. 성차별적 비난을 주저 없이 섞는 표현 방식은 역겨웠지만, 마른 것과 계집애와 까만 옷이 무슨 상관인지는 전혀 모르겠다. 그래, 인정할 것은 인정하자. 나는 방심했다. 첫 대결은 너의 승리다. 하지만 두 번은 당하지 않는다. 이제 너는 나의 밥이다. 나는 너를 찢을 거다!

까마귀는 하이에나를 향해 눈을 흘겼다. 하이에나는 눈을 크게 뜨고 얼굴 근육을 모두 사용해 역겨움이라는 단어를 만들어 냈다. 까마귀와 하이에나가 은밀한 대결을 통해 세력 다툼을 벌이는 중에도 선생의 말은 계속 이어졌다.

3장
첫 번째 수업 ③

선생님이 수업 과정을 설명합니다.
위대한 학자가 아니라, 실수하고 후회하고 반성하는
평범한 사람으로서의 정약용을 연구하기로 합니다.

 선생이 앞으로의 수업 과정을 설명했다. 토끼가 들은 가장 이상한 수업 과정 설명, 이라기보다는 일종의 성명서에 더 가까운.

 우리는 옛사람이 저지른 실수를 연구하고 교훈을 얻을 것입니다. 그 사람을 통해 우리의 실수를 되돌아보며 반성할 것입니다.
 여러분도 한두 번은 들어 보았을 바로 그 사람,
 다산이라는 호로 널리 알려진 바로 그 사람,
 이름은 바로 정약용입니다.

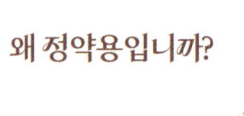
왜 정약용입니까?

선생이 수업 과정에 대해 설명하는 동안 토끼는 평소의 산만함을 마음껏 발휘했다. 귀로는 들으면서 눈으로는 선생이 선 교탁 옆을 훑었다. 책이 있었다. 한 권, 두 권…… 모두 여섯 권의 두툼한 책이 벽돌처럼 쌓여 있었다. 궁금하네. 무슨 책이길래 저렇게 두꺼울까? 우리에게 주는 걸까? 그냥 참고용일까? 아니면 장식용일까? 물어볼까? 아냐, 이제 시작인데 너무 나서는 것처럼 보이고 싶지는 않아. 조금만 참을까?

설명을 마친 선생이 책 한 권을 집어 든 순간 토끼가 손을 들었다. 선생은 고개를 갸웃했고, 잠시 후 끄덕였다. 토끼는 속으로 참을성이라고는 눈곱만큼도 없는 자신에게 진저리를 치며, 그러나 겉으로는 누가 봐도 가볍고 명랑한 태도로 말했다.

"왜 정약용입니까?"

선생은 해저 이만 리 수준의 한숨을 쉬었다. 토끼는 곧바로 주눅이 들었다.

반전이 있었다. 선생은 한숨을 쉰 것에 대해 사과했다. 사과를 마친 선생은 토끼를 보며 말했다.

"정약용은 실수를 저지른 사람이기 때문입니다. 우리처럼 말이지요."

"누구를 죽이기라도 했습니까?"

빈정거리는 말투의 주인공은 하이에나였다. 하이에나는 토끼를 잘 모를 테지만, 토끼는 하이에나를 잘 알았다. 하이에나는 하이에나, 무섭기보다 비열한 쪽이었다. 어느 쪽이건 마음에 안 드는 건 마찬가지였다. 하이에나는 벌써 토끼를 먹이 취급했다. 왜 하필 하이에나 같은 인간이랑 함께입니까?

토끼는 속으로 하이에나의 질문을 반복하며 경멸하고 비웃었다. 누구를 죽이기라도 했습니까?

남의 약점이나 물고 늘어지는 하이에나의 속셈은 뻔했다. 어떻게든 선생의 화를 돋우고 싶은 거겠지. 원래부터 야비하고 치사한 놈이니까.

선생은 교탁에 책을 내려놓았다. 선생은 화를 내지 않다. 선생은 침착한 목소리로 말했다.

"살인은 명백한 죄입니다."

선생은 학생들을 둘러보며 말을 이었다.

"처음에 밝혔듯 우리는 죄가 아닌 실수를 다룹니다. 사전에 따르면 죄는 벌을 받을 만한 일이며, 실수는 조심하지 않아 일어난 일입니다. 그리고 정약용은 사람을 죽인 적이 없습니다. 직접적으로는요."

하이에나가 그렇군요, 하고 말하며 손바닥으로 책상을 탁 요란하게 쳤다. 토끼는 깜짝 놀라 귀를 쫑긋했고 다른 학생들도 눈을 크게 뜨거나 고개를 돌리거나 짧은 비명을 지르는 등의 반응을 보였다. 모두의 시선이 자신에게 향한 것을 느낀 하이에나는 코를 찡그렸다. 입을 크게 벌리고 무언가를 말하려고 하다가 갑자기 눈을 감고 고개를 천천히 저었다. 토끼도 함께 고개를 저었다. 구제 불능 같으니.

하이에나는 배우 지망생이었다. 물론 비전은 전혀 없는. 용모는 당연히 함량 미달이고. 게다가 헛똑똑이기까지 했다. 남들은 다 아는 문제를 본인만 전혀 모르는.

하이에나의 요란한 행동, 혹은 의도된 도발에도 선생은 동요하지 않았다. 선생은 평온함에 가까운, 어쩌면 일종의 지겨움을 숨긴 눈길로 잠시 창가를 보았다. 토끼의 머릿속에 문득 질문 하나가 떠올랐다. 또다시 갈등. 할까, 하지 말까? 궁금한데. 하지만 중요하지는 않은데. 분위기도 애매하고.

토끼는 간신히 참는 데 성공했다. 손을 들고 싶은 마음을 어렵사리 꼭 눌렀다. 토끼가 사소한 성공에 만족하는 동안 선생이 말했다.

"정약용이 갑작스럽다는 것은 저도 인정하는 바입니다. 정약용과 실수의 조합이 무척 이상하다는 것도 인정합니다. 정약용에게 가장 잘 어울리는 표현은 조선 최고의 대학자이겠지요. 우리 학교 운동장에 왜 정약용 흉상이 있겠습니까?"

하이에나가 말했다.

"오 마이 갓, 우리 학교에 그런 흉측한 물건이?"

선생은 하이에나를 향해 빙긋 웃으며 고개를 끄덕였다. 선생이 말했다.

"꼴이 좀 흉측한 건 인정합니다. 그런데 저 말고 전문가들 또한 대학자로서의 정약용을 강조하고 있지요. 제가 한번 읽어 보겠습니다."

선생은 교탁 위에 놓인 두툼한 책을 펼쳤다. 한두 장을 넘긴 후 목소리를 가다듬고 읽기 시작했다.

오늘날 많은 이들이 다산 정약용을 선생이라고 부른다. 다산이나 정약용이라 부르는 것보다 다산 선생이라 부르는 게 훨씬 자연스럽다. 과거 인물 중에서 지금까지도 선생으로 불리는 영광을 누리는 사람은 많지 않다. 이처럼 다산은 오늘날 우리에게까지 존경의 염을 불러일으키는 몇 안 되는 인물이다.

토끼가 더 참지 못하고 손을 들었다. 선생이 쳐다보기도 전에 말했다.

"누가, 누가 쓴 글입니까? 존경의 염은 무슨 뜻인가요?"

"너, 너처럼 염병한다는 뜻이지."

선생이 하이에나를 보았다. 하이에나가 눈살을 찌푸리고 경례하는 시늉을 했다.

"죄송합니다. 이번 것은 좀 수준 미달의 오버였네요. 부끄럽습니다. 깔끔하게 실수 인정."

선생은 고개를 짧게 끄덕인 후 토끼를 보았다. 토끼는 선생의 눈에서 미세한 피로를 읽었다. 토끼 또한 피로에 일조했을 것이다. 토끼는 속으로 한숨을 쉰 후 말했다.

"죄송합니다. 번거롭게 했습니다. 너무 궁금해서요."

선생이 말했다.

"괜찮습니다. 궁금한 건 죄도, 실수도 아니니까요. 박혜숙◆의 글입니다. 정약용 책을 썼다는 사실 말고는 저도 아는 게 없습니다. 그리고 존경의 염, 인정합니다. 어려운 말입니다. 잘 쓰지 않는 표현이지요. 존경하는 마음을 불러일으킨다는 뜻입니다."

선생이 잠깐 뜸을 들였다가 하, 한숨을 쉰 후 말했다.

"조금 전에 제가 눈치를 준 것 같은데 죄송합니다. 여러분에게 압박을 준 셈입니다. 그런 성향이 있다는 걸 알고 있는데도 잘 고쳐지지 않는군요. 주의하겠습니다. 궁금한 건 언제든 물어보세

◆ 돌베개에서 나온 『다산의 마음』(박혜숙 편역)에서 인용한 것으로 보입니다. 선생님이 출처를 적어 놓지 않은 데다 미묘하게 문장들을 바꾸어 놓아 찾는 데 상당한 어려움을 겪었습니다. 출처를 밝히지 않은 글은 추적에 실패했다고 보면 되겠습니다.

요. 또 궁금한 점 있습니까?"

또다시 사과라니, 그것도 선생에게서. 낯설었다. 처음 겪는 일이었다. 토끼는 주위를 살폈다. 하이에나도 별다른 행동을 하지 않았는데 나무늘보가 반응을 보였다. 선생을 보면서 빙긋 웃은 것이다. 나무늘보가 고개를 돌리는 바람에 눈이 마주쳤다. 나무늘보는 이번에는 토끼를 향해 웃음을 지었다. 토끼는 재빨리 고개를 돌렸다. 맑으면서도 섬뜩한, 어딘지 이상한 웃음.

토끼는 겁이 조금 났다. 속으로 괜찮아, 하고 중얼거렸다. 다 잘 될 거야, 하고 스스로 위안했다. 선생이 말했다.

"하나를 더 읽어 보겠습니다. 박무영[**]의 글임을 미리 밝힙니다."

다산은 정말로 위대한 사람이었다. 당파 싸움이 일상이던 시절에 다른 당 사람 입에서 조선 근세의 단 한 사람, 중국에 내놓아도 밑질 것 없는 사람이라는 고백을 뱉게 했던 사람이다. 천문, 지리, 의학, 철학, 경세학에 이르기까지 폭넓은 저작의 범위, 그 가운데 드러나는 투철한 지성, 역사의 향방을 가늠하고 끌어가는 안목, 그리고 끝없는 열정은 우리를 압도한다.

[**] 태학사에서 나온 『뜬세상의 아름다움』(박무영 옮김)에서 인용한 것으로 보입니다.

> 우리에겐 다른 선택의
> 여지가 없습니다.

하이에나가 손뼉을 치며 말했다.

"누가, 누가 쓴 글입니까? 아, 박무영이라고 했지. 그럼 취소. 또 질문이 있습니다. 경세학은 무슨 뜻입니까? 죄송합니다. 번거롭게 했습니다. 하지만 너무 궁금해서요. 제가 잘 참지를 못하거든요."

토끼의 얼굴이 붉어졌다. 하이에나는 궁금해서 질문한 게 아니었다. 토끼의 말버릇을 흉내 내며 놀리고 있었다. 비열한 놈.

선생이 말했다.

"경세학은 세상을 다스리는 데 도움이 되는 학문을 말합니다. 정약용은 『경세유표』라는 책에서 조선의 부국강병을 위한 전반적인 개혁 방안을 제시한 바 있습니다."

"아, 지루. 괜히 물어봤스."

하이에나가 기지개를 켜며 하품했다. 토끼는 속으로 고개를 저었다. 그때 까마귀가 날개를 펼쳤다. 까마귀는 플라스틱 자의 모서리로 하이에나의 팔목을 건드렸다. 하이에나가 뭐야, 하고 소리를 지르며 손으로 자를 쳤다. 자는 요란한 소리를 내며 바닥에 떨어졌다. 모두의 시선이 하이에나와 까마귀에게로 향했다. 까마귀는 두 손으로 얼굴을 가렸다. 하이에나는 아무렇지도 않은 태평한 얼굴로 다른 학생들을 쳐다보았다. 토끼가 말했다.

"아무 일도 아닙니다."

선생이 토끼를 보았다. 토끼는 고개를 끄덕였지만 속으로는 울상을 지었다. 한심했다. 아무 일도 아니라니, 둘의 일에 왜 끼어들었을까? 고개는 왜 또 끄덕였을까?

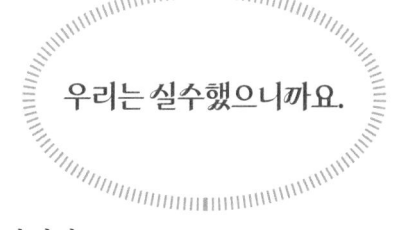

우리는 실수했으니까요.

선생이 창가를 보았다. 아무도 나서거나 말하지 않았다. 불편한 시간이 조금 흘렀다. 마음을 추스른 선생이 다시 말했다.

"이 시간이 꽤 힘들다는 것, 저도 잘 압니다. 방학 첫날부터 특별 수업, 이름만 특별이지 처벌에 가까운 강제 수업을 받는 것도 짜증 나고 피곤한데, 여태껏 관심이라곤 전혀 없던 정약용이라니 그야말로 재앙의 연속이겠지요."

"역시 대단하신 선생님! 알아주셔서 감사합니다."

하이에나가 유쾌한 목소리로 말했다. 선생은 웃었다. 선생은 곧바로 웃음을 지운 후 말했다.

"앞서 말했듯 우리에겐 선택의 여지가 없습니다. 우리는 실수했으니까요. 한 명도 빠짐없이 모두 다. 그러므로 힘들다고, 불편하다고 멈출 수는 없습니다. 우리 앞에 놓인 하나의 길을 계속 헤쳐 나가는 방법밖에 없습니다."

토끼가 누구보다 빠르게 고개를 끄덕이며 주위를 살폈다. 하이에나를 제외한 셋 모두 고개를 끄덕였다. 나무늘보는 이번에도 반

박자 늦었다. 토끼는 속으로 한숨을 쉬었다. 한숨을 쉬는 게 안도인지 습관인지 자신도 정확히 몰랐다. 선생이 말했다.

"그럼 계속하겠습니다. 박혜숙과 박무영의 책에는 또 다른 정약용의 모습이 나타납니다. 순서대로 읽어 보겠습니다."

다산은 자신에게 정직하고 성실한 사람이었다. 평생 자기 성찰을 게을리하지 않았다. 유학자라면 누구나 성찰과 수양을 강조한다. 다산의 자기 성찰은 매우 진지하고 투철했다.

위대한 다산의 이면에 있는 보통 사람의 모습은 그 위대함에 인간적 색채를 더한다. 그가 초인이 아니라 사람의 길을 성실하게 완성하는 길을 가고자 했던 보통 사람이라는 사실이 그의 위대함에 덧붙여질 때야 다산은 비로소 다산이 된다.

선생은 천천히 책을 덮었다. 선생이 말했다.
"무슨 뜻일까요?"
토끼는 제일 먼저 대답하고 싶었다. 하지만 정확히 말할 자신이 없었다. 대충은 알겠는데 따져 묻는다면……. 토끼는 나서지 않기로 했다. 하이에나도 침묵이었다. 교묘했다. 몰라서라기보다 의도된 침묵이었다. 마치 모두의 침묵을 강요하는 듯한. 지금껏

잠자코 있던 올빼미가 손을 들었다. 손에는 수건이 묶여 있었다. 선생의 시선을 느낀 올빼미의 얼굴이 갑자기 어두워졌다. 올빼미가 손을 내리면서 수건을 풀었다. 올빼미가 말했다.

"죄송합니다. 제가 실수를……. 아는 것 같았는데…… 잘 모르겠습니다."

토끼는 왠지 올빼미의 마음을 알 것 같았다. 올빼미의 손에 다시 수건을 묶어 주고 싶었다. 올빼미의 등을 쓰다듬으며 괜찮아, 하고 말하고 싶었다. 물론 토끼는 실제로 아무 말도, 아무 행동도 하지 않았다. 여학생의 손을 만지거나 등을 쓰다듬었다간 문제가 생길 것이 분명했으므로. 그것이 선의건 악의건 간에. 물론 행동에 나설 용기도 없었지만.

선생이 올빼미를 보았다. 올빼미는 수건을 만지작거리며 고개를 숙였다. 선생이 말했다.

"죄송할 것 없습니다. 당황해서 그런 것이겠지요. 말이 나온 김에 짚고 넘어가겠습니다. 저는 국어 선생이고 여러분은 학생입니다. 방학인데도 아침 일찍부터 별관 301호, 교실보다 작고 어두운 공간에 모여 있는 우리는 정약용에 관한 한 비전문가입니다. 운동장 구석, 느티나무 아래에 흉상이 있지만 여러분은 흉상을 눈여겨본 적도 없겠지요. 눈여겨보았더라도 누구인지 궁금하게 여기지 않았을 테고요. 확실히 하겠습니다. 기본적으로 우리가

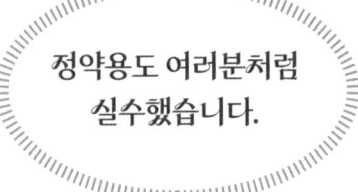

잘 모르는 사람인 정약용을 연구 대상으로 고른 건 제가 아닌 교장입니다."

이상해. 들을수록 더 특이한 말투며 분위기는 도대체 뭐지?

토끼는 선생에 대해 잘 몰랐다. 국어를 가르친다는 것 말고는 아는 게 없었다. 도대체 선생은 교장을 왜 이리 싫어하는 걸까? 선생의 실체가 무척 궁금했으나 행동은 반대로 나왔다. 토끼는 다 알겠다는 듯 고개를 빠르게 끄덕였다. 선생이 토끼를 보았다. 토끼는 머리를 긁으며 살짝 웃었다. 선생이 말했다.

"전문가들이 흔히 그러듯 성찰, 수양, 인간적 색채 등의 미려한 단어들로 포장했습니다만 제 생각에 그런 거창한 표현들이 말하는 바는 한 가지입니다. 정약용도 여러분처럼 실수했으며 그 실수에 대해 스스로 한심하게 여기고 후회하고 반성했다는 뜻입니다. 그래서 말합니다. 우리가 특별 수업에서 다룰 정약용은 위대한 다산 선생이나 초인 정약용이 아닙니다. 실수하고 후회하고 반성하는 평범한 사람입니다."◆

◆ 전문가를 무작정 무시하고 성찰, 수양 등을 곧바로 실수로 연결하는 선생님의 논리에는 문제가 있어 보입니다만, 토끼가 평가했듯 '실수하고 후회하고 반성하는 평범한 사람 정약용'이라는 방향성은 무척 훌륭하다고 저는 생각합니다.

선생은 잠시 틈을 두었다. 토끼는 속으로 선생의 말을 반복했다.

'실수하고 후회하고 반성하는 평범한 사람.'

좋은 표현이었다. 별관 301호에 들어온 후 처음으로 마음이 조금 편해졌다. 운동장에 있다는 정약용 흉상을 자세히 보고 싶어졌다. 사실 토끼는 운동장에 정약용 흉상이 있다는 건 처음 알았다. 그런데 흉상이 뭐지?

누군가 어깨를 톡톡 쳤다. 까마귀였다. 까마귀가 쪽지를 건넸다. 쪽지 안에는 다음과 같이 적혀 있었다.

흉상 : 가슴까지만 표현한 조각. 혹시 질문할까 봐.

토끼가 까마귀에게 고마워, 하고 입 모양으로 말하며 고개를 끄덕였고, 까마귀는 괜찮아, 하고 입 모양으로 말하며 고개를 끄덕였다. 선생이 말했다.

"그러므로 우리는 정약용을 선생, 학자 같은 말을 붙이지 않고 그저 정약용이라고 부르겠습니다. 오늘 수업은 여기까지입니다. 혹시 궁금한 것이 있습니까?"

까마귀가 말했다.

"숙제는 없습니까?"

선생이 말했다.

"깜빡했군요."

"숙제까지 있단 말입니까?"

하이에나가 과장되게 얼굴을 찌푸렸다. 선생이 말했다.

"간단한 숙제입니다. 잠들기 전 정약용의 실수를 떠올리며 여러분의 상황에 대해 잠깐 생각하는 것입니다."

까마귀가 말했다.

"네? 그게 뭔가요? 도대체 무슨 말씀이신지?"

올빼미도 불안한 표정으로 거들었다.

"정약용의 실수요? 우린 정약용에 대해 전혀 모르는데요."

선생은 빙긋 웃으며 말했다.

"여러분이 들은 그대로입니다. 앞으로 해야 할 일이 많습니다. 그러니 오늘은 그냥 그 정도만 하면 됩니다."

4장
두 번째 수업 ①

금정 찰방으로 좌천된 시기의 정약용이
연구의 대상임을 알게 됩니다.

 올빼미는 수건을 쥔 손에 힘을 주었다. 올빼미에게 수건은 필수품, 긴장될 때마다 움켜쥐는 바람에 가늘고 앙상한 나뭇가지처럼 모양마저 변했다. 나무늘보가 마른기침을 했다. 올빼미는 깜짝 놀라 나무늘보를 쳐다보았다. 나무늘보가 빙긋 웃었다.
 저 아이는 나를 기억하는 걸까? 표정만으로는 알 수 없었다. 나무늘보의 웃음은 일종의 습관, 혹은 가면처럼 보였다. 너무 오래 쓰고 있어서 벗겨 내기 힘든. 웃음 본연의 의미는 완전히 상실한. 전에도 저랬었나? 보고 있으면 나른하니 기분이 좋아지는 느낌이었는데 지금은 그렇지 않네. 선수 때랑은 달라진 것 같아.

올빼미가 나무늘보의 변화를 생각하는 동안 선생이 말했다.

"평범한 사람 정약용의 생애에는 반성이 유난히 집중된 두 시기가 있습니다."

"숙제 검사는 안 하시나요?"

하이에나의 질문이었다. 선생이 말했다.

"검사할 필요가 있는 숙제는 아니었습니다."

토끼가 말했다.

"저, 저는 했습니다."

하이에나가 대, 대단해, 하고 말하며 손뼉을 쳤다. 까마귀가 자를 들자 하이에나가 싹싹 비는 시늉을 했다. 토끼는 바보처럼 웃었다.

올빼미는 속으로 한숨을 쉬었다. 웃음 속에 섞인 토끼의 불안이 보였다. 토끼는 올빼미 부류였다. 표현 방식은 달라도 분명 같은 부류. 너무 가벼운 건 마음에 들지 않지만. 선생이 말했다.

"준비 운동 개념의 숙제였습니다. 아마 어떤 방식으로든 정약용의 실수에 대해 생각은 했으리라 믿습니다. 그것으로 충분합니다. 더 할 말 있습니까?"

토끼가 먼저, 올빼미가 그다음에 고개를 저었다. 하이에나와 까마귀는 아무런 반응을 보이지 않았고, 나무늘보는 뒤늦게 뭔가를 깨달은 사람처럼 반 박자 늦게, 그것도 크게 웃었다. 올빼미는 생각했다. 확실히 조금 이상해졌어. 크게 웃을 일은 아니지 않나?

선생이 말했다.

"그럼 다시 시작하겠습니다. 우리처럼 평범한 사람 정약용의 생애에는 반성이 유난히 집중된 두 시기가 있습니다. 널리 알려진 것처럼 정약용은 마흔◆을 코앞에 둔 1801년에 천주교 관련 혐의로 체포되어 유배 생활을 시작했고, 이 유배는 18년 동안 이어졌습니다. 낯설고 힘들었을 유배 생활의 첫 몇 해에 반성의 글들이 줄줄이 쏟아져 나왔습니다. 충분히 이해가 가는 상황이지요."

"네, 이, 이해가 됩니다."

토끼의 대답이었다. 말도 더듬으면서 굳이 왜 나서나? 괜히 얼굴이 붉어진 올빼미는 속으로 한숨을 쉬며 수건을 쥔 손에 힘을 주었다. 선생이 말했다.

"우리가 주목해야 할 또 다른 시기는 1795년입니다. 정조의 총애를 받아 고속 승진을 거듭하던 정약용이 어느 날 갑자기 금정 찰방으로 좌천됩니다. 찰방은 역참을 관리하는 직책입니다. 역참은 공무로 이동하는 관리들에게 편의를 제공하기 위해 만들어진 숙소로, 이곳을 맡아 보는 찰방을 비중 있는 직책이라고 보긴 어렵습니다."

◆ 정약용의 나이는 현재 연도에서 태어난 연도를 뺀 연 나이로 표시했습니다.

선생은 교탁 옆에 있던, 지난 시간에 전문가의 견해를 소개하느라 펼쳤던 벽돌처럼 두꺼운 책을 학생들에게 나눠 주며 말했다.

"제가 만든 수업 자료집입니다. 자랑은 아닙니다만, 우리의 수업에 필요한 내용은 거의 모두 들어 있습니다."

자료집을 받은 하이에나가 흥분한 목소리로 외쳤다.

"520쪽? 이거 실화냐?"

하이에나의 말은 사실이었다. 자료집의 마지막 장 아래에 520이라는 숫자가 찍혀 있었다. 토끼가 말했다.

"너, 너무 두꺼운데요. 이걸 다 읽어야 합니까?"

선생은 곧바로 대답하지 않았다. 하이에나가 책상을 톡톡 치며 연이어 물었다.

"선생님, 선생님, 우리 선생님. 토끼 질문에 답을 안 하셨습니다."

"선생님, 선생님, 우리 선생님. 귀가 많이 안 좋으신가요?"

선생은 여전히 대답하지 않았다. 하이에나가 토끼에게 말했다.

"너 씹혔다. 우두둑, 완, 완전히."

까마귀가 말했다.

"제발 좀 조용히 해."

올빼미는 나무늘보를 보았다. 나무늘보는 혼자 다른 세계에 있었다. 여전히 인공 웃음을 장착한 채 미동도 없이 선생을 보았다.

선생이 드디어 말했다.

"잠깐 생각을 좀 정리했습니다. 그리고 제 귀에는 문제가 없습니다. 염려, 감사합니다. 자료집을 다 읽을 필요는 없습니다. 여러분이 해야 할 일만 한다면 몇 쪽만 읽어도 상관없습니다."

> 하기 싫어도 해야 합니다.
> 이것이 지름길입니다.

토끼가 말했다.

"무슨 일요? 잘 모르겠으니 자세히 말, 말씀해 주세요."

선생이 말했다.

"여러분의 일에 대해서는 잠시 후에 말하겠습니다. 그 전에 자료집에 실린 글 '정조의 명령'부터 함께 살펴봅시다. 아, 이제부터는 수업에 적극적으로 참여해야 합니다. 힘들어도, 하기 싫어도 해야 합니다. 귀찮고 번거롭고 느려 보이지만, 이것이 지름길입니다. 전체의 관점에서 보자면 목적 달성에 걸리는 시간을 줄일 수 있으니까요. 누가 좀 읽었으면 좋겠는데……."

선생의 말이 끝나기도 전에 토끼가 손을 들었다. 선생은 창가를 잠깐 본 후 고개를 끄덕였다.

미결된 사안은 정약용의 일이다. 그가 글을 짓고 싶었다면 여섯 가지 경전과 한나라 시대의 문장이 좋은 바탕이 되어 주었을 것인데 하필 기이한 것에 힘쓰며 새로운 것을 구하였다가 몸과 명예에 낭패를 보고 나서야 그친 것은 도대체 무슨 유난스러운 욕심이란 말인가? ⋯ 그가 쓴 자획을 보건대 여전히 신칙하는 하교를 준행하지 않고 비스듬히 기울어진 서체를 예전 그대로 쓰면서 고치지 않고 있다. 이러한 사람에게 엄한 처분을 내려 주는 것은 설령 그가 이미 선한 쪽으로 방향을 잡았다 하더라도 한결 더 선으로 향하게 하는 것이고, 또 혹 반신 반의하는 중이라면 스스로 거기에서 발을 빼게 될 것이니, 어떤 경우로 보아도 모두 훌륭한 인물로 만들어 주는 계기가 된다.

전 승지 정약용을 금정 찰방으로 제수하라. 그가 어찌 얼굴을 들고 하직 인사를 하겠는가? 즉각 금정으로 가는 길에 올라, 살아서 한강을 건너갈 방법을 모색하게 하라.

정조 19년(1795) 7월 26일

하이에나가 말했다.
"도대체 뭔 개소리냐?"
까마귀가 말했다.
"개소리? 정조 임금의 명령이라잖아. 한글도 못 읽니?"
선생이 말했다.
"정조가 정약용을 금정 찰방에 제수하면서 한 말입니다. 정조는 정약용이 저지른 실수를 구체적으로 제시하고 있지요. 까마귀 학생이 말했듯 어려운 글은 아닙니다. 정신을 집중하고 읽어 보면 누구나 의미를 알 수 있습니다."

> 정약용은 어떤 실수를 했을까요?

하이에나가 말했다.

"누구나요?"

선생이 말했다.

"네, 학생을 포함해 누구나요."

"그런데 왜 저는 잘 모르겠을까요? 집중력 장애인가요?"

"단언하기는 어렵지만 그럴 수도 있겠네요. 주의가 산만해서 그런 겁니다."

"아, 산만. 와우, 새롭네. 선생님이 아예 대놓고 먹이네."

하이에나는 손바닥으로 이마를 쳤다. 생각보다 큰 소리가 나서 하이에나조차 잠깐 당황했다. 선생은 하이에나의 말과 행동을 못 듣고 못 본 사람처럼 담담하게 말했다.

"자, 그럼 본론으로 들어갑시다. 정약용은 어떤 실수를 했을까요?"

소란하던 별관 301호가 갑자기 조용해졌다. 아무도 대답하지 않았다. 선생이 올빼미를 보았다. 올빼미는 손목에 묶었던 수건을 다시 풀면서 고개를 살짝 저었다. 까마귀가 말했다.

"기이한 것에 힘쓰며 새로운 것을 구하였습니다."

선생이 말했다.

"네, 맞습니다. 정조는 정약용이 기이한 것에 힘쓰며 새로운 것을 구하였다가 몸과 명예에 낭패를 보았다고 지적하고 있습니다. 그럼 또 묻겠습니다. 정약용이 몰두한 기이한 것과 새로운 것은 무엇입니까?"

"천주교입니다."

선생이 올빼미를 보았다. 눈동자에 놀람 한 숟가락이 담겨 있었다. 올빼미는 조금 기분이 나빴다. 선생이 웃으며 말했다.

"아마, 거의 확실히 그럴 것입니다. 연구에 따르면 이 시기 정약용은 중국인 신부 주문모 밀입국 사건에 연루되어 있었습니다. 게다가 정약용은 그 이전에도 천주교 문제로 곤욕을 치렀지요. 그러므로 기이하고 새로운 것을 천주교와 연관 짓는 것은 지극히 타당합니다."

토끼가 말했다.

"그, 그런데 왜 천주교라고 구체적으로 말하지 않은 건가요?"

선생이 말했다.

"좋은 질문입니다. 조선 후기 천주교와 관련한 사항은 일종의 금기였습니다. 그래서 정조의 말처럼 대부분 모호하게 표현되었다는 점을 머리에 담아 두면 좋을 것입니다. 학생은 어떻게 생각합니까?"

선생의 눈이 나무늘보를 향했다. 나무늘보는 손바닥으로 얼굴을 한 번 쓰다듬은 후 빙긋 웃으며 말했다.

"훌륭한 답인 것 같습니다. 그런데……."

"그런데?"

"다른 이유도 좀 있는 것 같아서요."

"그게 뭔가요?"

"네, 이제 말하려고요……. 정조는 정약용이 저지른 또 다른 실수를 지적하고 있습니다. 그건 글씨를……."

"정약용은 글씨를 삐, 삐뚤게 썼습니다."

나무늘보의 말에 끼어든 것은 토끼였다. 올빼미는 고개를 저었고, 선생도 이번에는 견디기 힘들었는지 잠깐 눈을 찌푸렸다. 토끼가 말했다.

"죄송합니다."

선생이 말했다.

"괜찮습니다. 감정을 숨기지 못한 건 저입니다. 그러니 제가 미안합니다."

토끼와 선생의 릴레이 사과에 올빼미는 조금 당황했다. 묘한 분위기의 수업. 어디로 흘러가는 건지 도무지 알 길이 없는.

다들 비슷한 기분인 것 같았다. 또다시 침묵이 흐른 것을 보면. 나무늘보의 침묵은 결이 조금 달랐다. 나무늘보는 아예 팔짱을 꼈다. 나무늘보는 하던 말을 끝낼 생각이 없어 보였다. 정확히 표현하면 그런 일이 있었다는 사실조차 잊어버린 것 같았다. 올빼미는 잠시 머뭇거렸다.

수건을 움켜쥔 올빼미가 고민할 틈도 없이 까마귀가 말했다.

"정조는 정약용이 비스듬히 기울어진 서체를 고치지 않았다고 말하고 있습니다. 삐뚤게가 아니라요."

하이에나가 말했다.

"그게 그거지."

까마귀는 하이에나의 말을 깨끗이 무시하고 자기 할 말만 했다.

"하지만 저는 잘 이해가 안 됩니다. 실은 무척 이상합니다. 글씨를 비스듬하게 쓴 게 그렇게 큰 실수인가요?"

선생이 말했다.

"큰 실수가 아닌가요?"

"글쎄요, 실수인 것 같지도 않은데요. 그냥 습관 아닌가요?"

"정말 그렇게 생각합니까?"

"네, 그렇게 생각합니다. 글씨로 처벌받는 건 말도 안 된다고 생각합니다."

"확신인 거지요?"

"네, 확신합니다."

선생과 까마귀는 한 치의 양보도 없었다. 하이에나가 큰 소리로 관전평을 중얼거렸다.

"아깐 뜬금없는 사과, 지금은 갑자기 뜨거운 대결 모드. 이걸 두고 물불을 못 가린다고 하는 건가? 아무튼, 이 수업 참 웃겨."

> 임금의 명령을 거역한 게 큰 실수 아닐까요?

선생이 하이에나를 무시하고 말했다.

"그렇다면 그 부분을 다시 정확히 살펴봅시다. 정조는 이렇게 말했습니다. '신칙하는 하교를 준행하지 않고 비스듬히 기울어진 서체를 예전 그대로 쓰면서 고치지 않고 있다.' 신칙은 단단히 타일러서 경계한다는 뜻입니다. 하교는 임금의 명령입니다. 신칙하는 하교는 임금이 경계하라고 단단히 타이른 명령입니다. 준엄한 임금의 명령을 거역한 것이 과연 큰 실수 아닐까요?"

하이에나가 말했다.

"큰 실수이지요. 교장 선생님의 명령에도 벌벌 떠는데 감히 임금의 명령을 거역해?"

까마귀가 말했다.

"그렇지만 그건……."

하이에나가 버럭 소리를 질렀다.

"너 되게 거슬려. 똑같이 감옥에서 벌 받는 처지에 혼자 잘난 체 좀 그만해."

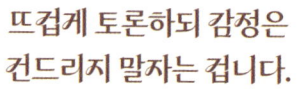

뜨겁게 토론하되 감정은 건드리지 말자는 겁니다.

까마귀가 말했다.

"그러는 넌? 넌 도대체 뭔데 계속 끼어들어? 넌 우리랑 뭐가 다른데? 네가 평가하는 사람이라도 돼?"

올빼미는 수건을 쥔 손에 힘을 주었다. 수건으로 양쪽 귀를 막았다가 천천히 뗐다. 둘의 다툼은 오래가지 않았다. 나무늘보의 서늘한 시선이 느껴졌다. 정면으로 본 것은 아니었지만, 나무늘보의 표정을 짐작할 수 있었다. 인공 웃음을 장착한, 따뜻한 듯 차가운, 아니 요령부득의 얼굴. 전과는 조금, 아니 무척 달라진. 선생이 말했다.

"서로 논쟁하는 것, 저는 반대하지 않습니다. 오히려 환영합니다. 한 가지만 부탁하겠습니다. 논쟁에는 규칙이 있습니다. 뜨겁게 토론하되, 서로의 감정을 건드리지 말자는 겁니다."

선생이 잠시 틈을 두었다가 다시 말했다.

"저는 여러분이 어떤 실수를 저질렀는지 모르며, 자세히 알고 싶지도 않습니다. 다만 우리는 실수를 저질렀고, 그 결과 이 자리에 있게 된 사람들이라는 사실만은 잊지 않았으면 합니다."

다들 고개를 끄덕였다. 까마귀가 말했다.

"제가 좀 심했습니다. 사과하겠습니다."

올빼미는 고개를 저으며 입술을 깨물었다. 까마귀가 심했던 것 같지 않았다. 하지만 까마귀는 먼저 사과했다. 머뭇거리지 않고 깔끔하게. 올빼미는 속으로 다시 한숨을 쉬었다. 늘 까마귀 같은 아이가 되고 싶었다. 현실은 그렇지 못했지만. 한 발짝 나아갔다 싶으면 되돌아오는 일의 연속이었다. 까마귀는 똑똑하고 반듯해 보였다. 사고를 치거나 실수를 한 사람으로 보이지 않았다. 그런데 까마귀는 왜 여기 301호에 있을까?

하이에나가 어쩔 수 없다는 듯 얼굴을 찡그리며 말했다.

"네, 저도 인정. 마이 미스테이크."

선생은 말없이 창가를 보았다. 잠시 후 선생은 까마귀에게 말했다.

"사실 학생의 지적은 함께 음미할 만한 중요한 부분입니다. 그랬기에 일부러 되물었던 것이고요."

까마귀가 웃으며 말했다.

"저도 짐작은 했습니다."

선생이 말했다.

"정조의 말을 종합해 봅시다. 정약용은 기이한 것에 힘쓰며 새로운 것을 구했고, 비스듬히 기울어진 서체를 고치지 않는 실수를 저질렀습니다. 정조는 이 두 가지 실수를 이유로 들어 - 문맥으로 볼 때는 서체에 더 중요성을 두고 있지요 - 전 승지 정약용을 금정 찰방에 제수했습니다. 요즈음 식으로 말하면 대통령 비서관을 군수로 임명한 셈입니다. 두말할 것도 없이 완벽한 좌천입니다. 그런데 정조의 말에 삐걱거리는 지점이 있습니다. 앞서 학생이 지적한 것처럼 정조가 언급한 두 가지 실수 중 전자는 모호하고, 후자는 어딘가 억지스럽지요. 똑똑하기로 유명했던 정조가, 신하들의 일거수일투족을 파악하고 있었으며 엄격한 선생처럼 굴었던 정조가 과연 정약용이 저지른 진짜 실수, 즉 중국인 신부 주문모 밀입국 사건과의 연관성을 몰랐을까요?"

토끼가 말했다.

"알, 알았을 것입니다."

선생이 말했다.

"그런데 그 사건은 왜 언급하지 않았을까요?"

하이에나가 말했다.

"뻔하지요, 말하기 싫었기 때문입니다."

선생이 말했다.

"왜 싫었을까요?"

하이에나가 말했다.

"그런 거라면 제가 잘 압니다. 폼이 안 나니까요. 지질해서 소문 내고 싶지 않았으니까요."

선생이 말했다.

"그렇지요, 정조는 정약용이 저지른 진짜 실수를 알고 있었지만 언급하지 않았습니다. 이유는 방금 학생이 말한 바와 같습니다. 언급하기 싫었기 때문입니다. 표면화하는 것을 원하지 않았기 때문입니다. 아마도 정조는 자신이 총애하는 정약용이 반대 당파의 정치적인 표적이 되는 것을 원하지 않았겠지요. 그런데 지금 우리에게 중요한 것은 그러한 배경지식뿐만이 아닙니다."

까마귀가 말했다.

"행간을 읽으라는 건가요?"

선생이 까마귀를 보았다. 다른 학생들도 까마귀를 보았다. 까마귀는 별일 아니라는 듯 어깨를 으쓱했다. 선생이 말했다.

"그렇습니다. 여기에 우리가 해야 할 일의 어려움이 있습니다. 정조의 말하는 방식은 여러분이 살펴야 할 정약용의 글에도 적용이 됩니다. 정조는 다 알면서 일부러 돌려서 말했고, 그건 정약용도 마찬가지였습니다. 정약용은 눈치 빠르고 똑똑한 쪽으로는 정조 못지않던 사람이었습니다. 무슨 뜻입니까? 정약용은 일기 쓰듯 정직하게 글을 쓰지만은 않았다는 겁니다. 겉으로 보기엔 무척 정직해 보이는 고백도 사실은 그렇지 않을 때가 많습니다."

선생이 잠시 말을 멈추고 올빼미를 보았다. 올빼미가 잠깐 생각한 후 말했다.

"그럼 어떻게 해야 하나요? 물어볼 수도 없지 않나요? 정약용

> **언어의 탐정이
> 되어야 합니다.**

은 이미 오래전에 죽었으니까."

선생이 말했다.

"네, 정약용은 1836년에 죽었습니다. 정약용과 우리는 거의 200년의 간격이 있습니다. 그럼 어떻게 해야 할까요? 정약용의 진심을 알기 위해 그 사람을 무덤에서 불러내야 할까요?"

토끼가 말했다.

"그, 그건 절대 불가능합니다."

하이에나가 말했다.

"어허, 그나마 조금 궁금했는데 일부러 시간을 끄시네. 게임의 규칙을 잘 아셔. 하여간 재미있는 분. 생각이 있으신 거 다 압니다. 이제 말해 주세요. 뭘? 어떻게?"

선생이 말했다.

"탐정, 언어의 탐정이 되어야 합니다. 행간, 즉 정약용의 숨긴 것, 말하지 않은 것의 의도를 생각하고 읽어야 합니다. 그래야 정약용의 실수를 통해 여러분에게 도움이 되는 무언가를 얻으려는 이 수업의 목표를 달성하기 조금 더 쉬울 것입니다. 그 과정에서 여러분은 분석력과 상상력을 마음껏 활용해야 하고요."

하이에나가 말했다.

"탐정이라, 죽이네요. 오, 예, 셜록 홈스의 모험."

선생이 말했다.

"비유하자면 그렇다는 겁니다. 미리 말하면 저는 분석력보다는 상상력에 더 높은 점수를 주고 싶습니다."

> 분석력과 상상력을
> 마음껏 활용해야 합니다.

탐정, 언어의 탐정, 상상력의 탐정이라……. 뭔가 재미있는 일이 벌어질 것 같은 기분. 수업을 시작한 후 처음으로 느낀. 올빼미는 수건으로 입을 가리고 살짝 웃었다. 하이에나가 말했다.

"선생님 정말 특이하세요. 알고는 계십니까?"

선생이 말했다.

"전 특이한 사람이 아닙니다. 제가 특이하다고는 한 번도 생각해 본 적 없습니다."

하이에나가 말했다.

"뭐, 좋습니다. 생각하는 거야 선생님의 자유니까요. 그런데 정조 임금님의 말이 엄청나네요. 특히 마지막 말, 살아서 한강을 건너갈 방법을 모색하게 하라, 이거 완전히 죽이는데요? 옛날에는 이런 식이었습니까? 벌을 받은 사람이니 뭐 헤엄이라도 쳐서 가라는 건가요?"

선생이 처음으로 활짝 웃으며 말했다.

"저도 동의합니다. 우리는 보통 정조를 조선 후기를 대표하는 모범적인 군주로 여기는데, 사실 정조는 우리 생각보다 훨씬 다혈질이었던 것 같습니다. 사용하는 언어도 무척 흥미롭고요. 정조가 욕설을 밥 먹듯 내뱉었다는 기록도 있습니다. 또 하나, 정약용을 보호하기 위한 술책, 즉 심각한 천주교 문제를 사소한 서체 문제로 돌려 버린 것에서 드러나듯 정조는 엄청난 지략가이기도 했지요."

5장
두 번째 수업 ②

선생님은 수업의 진행 과정을 보다 상세하게 설명하며
독창적인 글쓰기의 중요성을 유난히 강조합니다.

선생이 말했다.

"우리는 기본적으로 금정 찰방 시기의 정약용을 살펴보겠습니다. 정약용이 금정 찰방으로 좌천된 데에는……."

하이에나는 선생의 말을 귀로 들으면서 주위를 살폈다. 한숨이 저절로 나왔다. 하나같이 모자란 아이들! 대충 훑어보는 것만으로도 견적이 딱 나왔다. 혼자 똑똑한 척하는 까마귀는 자기 의견에 반대하는 아이와 한바탕 싸웠을 것이고, 신경과민 올빼미는 울다 지쳐 히스테리를 부렸을 것이고, 촐싹 토끼는 여기저기 뛰어다니며 까불다가 사고를 쳤을 것이고, 곰이 더 어울릴 것 같은 나무늘보는……. 나무늘보는 왜 여기에 왔을까? 사고 칠 유형은 아닌데. 어디선가 본 적 있는 것 같다. 지금보다는 건강한 모범생 느낌이었고. 왜지? 뭐지? 그렇다고 불량 학생 같지는 않은데. 아무튼, 나무늘보는 더 관찰할 필요가 있었다. 하이에나의 경험으로 볼 때 나무늘보 같은 유형이 제일 위험했다.

"… 중국인 신부 주문모 밀입국 사건에 연루되었다는 정치적으로 민감한 상황 외에 정약용 본인이 저지른 실수가 꽤 눈에 띄는 시기이기 때문입니다. 아직 젊었고 패기가 넘치던 시절이었거든요. 금정 찰방 시절의 정약용이 '도산사숙록' 같은 구체적인 반성의 글, 남에게 보이기 위해 쓴 전시용 글이라는 함정이 있기는 해도 자신의 잘못을 꽤 구체적으로 드러낸 글을 남겼다는 것 또한 꽤 매력적이지요."

"도, 도산사수록요?"

이번에도 토끼였다. 낄끼빠빠도 모르는 바보 같은 놈. 하이에나는 한마디 쏴 주려다가 참았다. 일일이 상대하기엔 급이 너무 떨어졌다. 새롭긴 했다. 모자라면서도, 말을 더듬기까지 하면서도 꼭 나서는, 도대체 부끄러움을 모르는 특이한 유형. 선생이 토끼를 보며 외국인 상대하듯 한 자 한 자 정확히 발음했다.

"도산사숙록입니다."

토끼는 바보처럼 웃으며 고개를 크게 끄덕였다. 선생이 계속 말

했다.

"정약용은 자신이 존경하는 선배 학자 퇴계 이황의 편지를 하루도 빼놓지 않고 읽으며 자신의 삶을 되돌아보고 검토하고 반성하는 글을 씁니다. 이 글을 도산사숙록이라고 부릅니다. 도산은 퇴계 이황을 말합니다. 직접 가르침을 받지는 않았으나 마음속으로 그 사람을 본받아서 도나 학문을 닦는 행위를 사숙이라고 합니다. 질문이 있습니까?"

그놈의 질문. 하이에나는 선생이 별로 마음에 들지 않았다. 선생 또한 나무늘보와 비슷한 부류였다. 여러 번 찔러 보았지만 쉽사리 속을 드러내지 않았다. 어딘지 위험해 보이는 부류. 선생이 했다는 실수는 모르긴 해도 보통 수준은 아니었을 것이다. 도대체 뭘까? 교장을 격노하게 만든 선생의 실수는? 하이에나는 비꼬는 말을 해 줄까 하다가 이번에는 참기로 했다. 시간은 많고도 많으니까. 상대의 약점은 나의 무기, 갖고 있다가 필요한 순간 정확히 꺼내서 찌르는 게 가장 좋지. 선생이 말했다.

"앞으로 우리 수업은 다음과 같은 과정을 밟게 될 것입니다."

정약용이 쓴 반성의 글들을 함께 살펴보고 한 편을 고릅니다.
자료를 참조해 정약용의 실수와 반성에 대한 글을 씁니다.
발표하고 토론합니다. 토론의 결과를 종합해 여러분의 견해가 담긴 글을 씁니다. 수업 결과를 바탕으로 최종적인 반성의 글을 씁니다. 교장은 여러분이 제출한 글을 읽고 서명합니다.

이 수업의 주인공은 여러분입니다.

웃기고 있네. 뭐 하자는 거야? 하이에나는 느긋하게 지켜보려 했지만, 더는 두고 볼 수가 없었다.

"뭐가 이렇게 복잡합니까? 대통령이라도 새로 뽑나?"

토끼가 말했다.

"저도 비, 비슷한 생각입니다."

하이에나는 토끼를 보며 크게 웃었다. 위협하듯 말했다.

"뭐가 비, 비슷한데? 내 멋진 눈을 보면서 정확히 말해 볼래?"

까마귀가 자를 들었지만 하이에나는 이번엔 그냥 물러나지 않았다. 하지만 반격도 하지 않았다. 나무늘보가 자신을 보고 있었기 때문이다. 하이에나는 속으로 심호흡했다. 강약의 조절이 필요한 시점. 하이에나는 손바닥을 펴고 고개를 끄덕였다. 잠시의 소란은 금세 정리되었다. 선생이 말했다.

"복잡하게 느껴질 수 있겠지만, 실은 전혀 그렇지 않습니다."

선생은 잠시 틈을 두었다가 다시 말했다.

"이렇게 생각하면 됩니다. 이 수업의 주인공은 여러분입니다.

> 정약용을 마음껏 이용해도 됩니다.

심하게 말하면 정약용은 여러분의 반성을 도울 도구입니다. 그러므로 중요한 것은 여러분의 생각입니다. 여러분을 위해 정약용을 마음껏 이용하라는 뜻입니다."

까마귀가 말했다.

"언어와 상상력의 탐정이 되라는 것이지요?"

선생이 까마귀를 보며 웃었다. 선생은 웃음을 지운 후 말했다.

"글쓰기에도 이러한 점이 제대로 반영되었으면 합니다. 천편일률적인 글쓰기가 아니라 여러분이 잘 드러나는 독창적인 글쓰기, 분석하고 상상하는 글쓰기를 저는 희망합니다. 그리고 또 하나, 수업이 마무리될 무렵, 특별 이벤트가 준비되어 있습니다."

토끼가 말했다.

"뭔가요? 알, 알려 주시면 안 되나요? 혹시 힌트라도?"

선생이 말했다.

"이벤트 내용은 지금 말하지 않겠습니다. 힌트도 없습니다. 이벤트의 핵심은 의외성이니까요."

호위무사인 까마귀의 호응, 덜 떨어진 토끼의 이상한 열정 덕분에 모든 게 선생의 의도대로 흘러갔다. 하이에나는 기분이 조금 상했다. 제동을 걸어야겠다고 생각했다. 본격적으로는 아니고 살짝만. 간을 보는 느낌으로. 하이에나가 말했다.

"우리 선생님, 준비 많이 하셨네."

"기왕 맡기로 한 것, 제대로 해 보고 싶었습니다."

"그런데 교장 선생님이 서명하지 않으면요?"

"다시 써야 하겠지요."

하이에나가 놀란 목소리로 말했다.

"다시 써야 한다고요?"

선생이 말했다.

"그러니 그런 일이 일어나지 않도록 여러분은 제대로, 즉 여러분의 진심을 담아, 여러분만이 쓸 수 있는 글을 완성하는 것이 좋겠지요."

하이에나가 말했다.

"진심에, 상상력에……. 우리가 작가도 아닌데 너무 무리한 요구 아닙니까?"

까마귀가 말했다.

"솔직히 이 모든 과정이 잘 이해가 안 됩니다. 그냥 반성문을 쓰면 안 되나요?"

토끼가 기다렸다는 듯이 끼어들었다.

> 여러분만이 쓸 수 있는 글을 완성하세요.

"저, 저도 그 점이 궁금했습니다. 저는 이미 반성했습니다. 그런데 왜 이런 번거로운 과정을 거쳐야 하나요?"

방해꾼 까마귀와 토끼가 오랜만에 한 건 했다. 자기편이라 믿던 까마귀까지 이의를 제기하자 선생의 얼굴에 당황하는 표정이 떠올랐다. 나이스. 강철 무지개 유형은 아니야. 빈틈이 꽤 있군. 뭐라고 떠들어 대나 한번 볼까?

선생의 당황은 오래가지 않았다. 선생의 표정이 변했다. 선생은 씩 웃었다. 웃음을 지우지도 않고 말했다.

"정약용이 실수를 저지르자 정조는 그를 금정 찰방으로 좌천시켰습니다. 우리가 실수를 저지르자 교장은 우리를 이곳 별관 301호로 보낸 후 앞서 말한 일련의 과정을 거쳐 반성의 글을 쓰도록 했습니다. 실수를 저지른 것은 정약용과 우리입니다. 명령을 내리고 조처를 한 것은 정조와 교장입니다."

별관 301호에 침묵이 흘렀다. 학생들이 선생의 말을 모두 수긍한 것은 아니었다. 기묘한 논리에 할 말을 찾지 못하고 있을 뿐이었다.

하이에나는 선생을 노려보았다. 방심했네. 역시 보통의 인간은 아니야. 갈수록 궁금해지네. 저 선생은 교장에게 무슨 실수를 한 걸까?

자신을 바라보는 날카로운 시선이 느껴졌다. 나무늘보였다. 나무늘보는 하이에나를 보며 빙긋 웃었다. 꾼만이 알 수 있는 무표정하면서도 섬뜩한 웃음. 다들 왜 이 모양이야. 피곤하다, 피곤해.

하이에나는 눈살을 찌푸리며 고개를 돌렸다.

6장
두 번째 수업 ③

선생님과 학생들이 정약용이 쓴 반성의 글들을 함께 읽습니다.
선생님은 학생들에게 숙제다운 숙제를 냅니다.

특별 수업이라는 이름 때문일까, 아니면 실수를 저지른 학생들이라는 특수성 때문일까? 쉬운 일이 하나도 없었다. 생각지도 않았던 곳에서 장애물이 불쑥불쑥 튀어나왔다. 하지만 시작한 이상 멈춰서는 안 되었다. 학생들을 비난하고 싶지는 않았다. 실수는 실수일 뿐. 교장을 욕하고 싶지도 않았다. 어차피 선생은 교장의 조처에 동의했고 이미 일은 시작이 되었으므로. 배는 이미 출발했으니 무슨 수를 써서라도 항구까지는 가야 했다.
　선생은 속으로 깊은 한숨을 쉰 후 웃음을 지었다. 웃는 게 맞나? 모르겠다……. 선생은 곧바로 웃음을 지운 후 말했다.

"정약용이 쓴 반성의 글부터 살피겠습니다. 모두 여섯 편입니다. 도산사숙록 등의 글에서 골랐습니다. 수업의 편의를 위해 서로 다른 글을 교묘하게 합치기도 했습니다. 비전문가만이 할 수 있는 만행이자 특권이지요."

하이에나가 말했다.

"교장 선생님에 대한 반항인가요?"

이번에도 하이에나였다. 교양이 부족하고 겉멋 가득한 것 같으면서도 은근히 날카롭고 끈질긴 스타일의 저 아이, 반말과 존대를 교묘히 섞어 쓰는 저 아이는 어쩌면 뭔가 알고 있는 걸까?

선생은 하이에나를 보았다. 하이에나는 눈을 피하지 않았다. 긍정적으로 생각하자. 하이에나는 미꾸라지 연못의 메기였다. 긴장이 꼭 나쁠 이유는 없으니. 선생이 말했다.

"그것도 포함되어 있겠지요. 저와 교장의 관계는 정조와 정약용의 관계와 비슷합니다. 능력을 인정받았지만 너무 누르면 가끔은 반발하고 싶어지거든요."

토끼와 까마귀와 나무늘보가 웃었다. 나머지 둘은 웃지 않았다. 토끼의 웃음은 꾸민 티가 역력했고 까마귀의 웃음은 정직한 냉소에 가까웠으며 나무늘보의 조금 늦은 웃음은 차라리 일종의 기이한 습관처럼 보였다. 올빼미는 긴장된 표정으로 손에 쥔 수건을 더 세게 쥐었고, 하이에나는 턱을 조금 내밀고 무표정을 연기했다. 선생은 창가를 보며 오래전에 보았던 영화 한 편을 떠올렸다. 배 한 척을 산 너머로 옮기는 이야기. 이유 따위는 기억도 안 났다. 선생은 속으로 다짐했다. 힘을 내자. 물러서지 말자. 버티고 견디자. 내 힘으로 산을 넘고, 교장을 넘어서자.

선생이 말했다.

"처음 글은 제가 읽겠습니다. 그다음에는 읽고 싶은 사람이 먼저 읽으면 되겠습니다. 첫 번째 글입니다. 제목은 '함부로 뱉은 말 한마디'입니다. 글의 제목은 모두 제가 붙인 것입니다. 어디까지나 임시입니다."

사람들은 늘 자신을 가볍게 여기고 함부로 굴린다. 입에서 나오는 대로 남의 험담이나 칭찬을 하고, 손이 가는 대로 남을 깎아내리거나 추켜세우는 글을 쓴다. 자기의 말과 글로 다른 사람의 영예와 치욕, 이득과 손해가 달라지는 결과는 전혀 생각하지 않는다. 은혜와 원한이 말 한마디에서 비롯되며 화와 복이 글자 한 자 때문에 갈린다. 선비라면 마땅히 마음에 새겨야 할 것이다.

선생이 읽기를 마치자, 토끼와 하이에나가 먹잇감을 향해 달려들었다. 동시에 읽었다 동시에 멈추었다. 선생은 속으로 웃었다. 저 둘은 공통점이 전혀 없다고 생각하겠지. 하지만 너희 둘은 다른 듯 똑같아, 이란성 쌍둥이처럼.

하이에나는 토끼를 노려보았다. 토끼는 고개를 숙였다. 짜맞춘 듯 박자와 호흡이 척척 맞아서 하마터면 웃을 뻔했다. 선생은 손바닥으로 얼굴을 문지르며 간신히 웃음을 참는 데 성공했다. 그 틈을 파고들어 까마귀가 말했다.

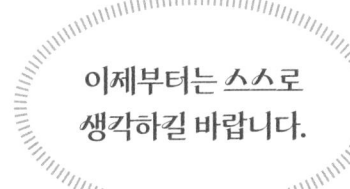

"설명은 없습니까?"

선생이 말했다.

"자세히 읽어 보면 다 알 수 있는 내용입니다. 앞에서도 말했듯 이제부터는 스스로 생각하길 바랍니다. 여러분은 언어와 상상력의 탐정이니까요."

선생이 말을 끝내자마자 하이에나가 나섰다.

"이 제목은 오호, 꼭 저한테 하는 말 같네요. 이거, 미리 찜하겠습니다. 다들 건드릴 생각도 마라. 알아들었지? 입이 아파서 두 번 말하지 않겠음. 제목은 '혼자 잘난 체하며 잘못을 인정하지 않는 병'입니다. 님들에겐 미안하지만 잘난 건 죄가 아니지 않나?"

까마귀가 말했다.

"넌 잘난 게 아니라 못난 거야."

하이에나가 말했다.

"오호, 참신한 생각인걸. 역시 못난이들은 뇌 구조가 특이해."

올빼미가 말했다.

"까마귀는 못나지 않았어."

하이에나가 놀라는 표정을 지으며 말했다.

"이건 또 뭐냐? 조류 동맹?"

선생은 나무늘보를 보았다. 나무늘보는 웃음으로 대응했다. 끼어들 생각은 전혀 없어 보였다. 그렇다고 수업에 소극적인 것도 아니었다. 뭐랄까, 나무늘보는 자신만의 방식으로 적극적으로 수업에 참여했다. 수많은 학생을 상대해 봤지만, 나무늘보 같은 유형은 처음이었다.

사실 선생은 나무늘보를 알고 있었다. 그가 어떤 실수를 했는지도 알고 있었다. 교무 회의에도 오르내렸으니 이 학교 선생 중 나무늘보를 모르는 사람은 없을 것이었다. 하지만 소문으로 알던 나무늘보와 교실의 나무늘보는 달랐다. 아니다, 단언하지 말자. 그저 여태까지 그랬다는 것이니. 선생이 말했다.

"토론할 시간은 앞으로도 많습니다. 지금은 그냥 읽는 게 좋겠습니다."

하이에나가 말했다.

"아, 그럴까요? 저의 유쾌한 목소리로?"

"네."

"표정이 안 좋으신데 혹시 목소리에 불만이라도?"

까마귀가 말했다.

"못난이 님, 그냥 읽으세요."

"그럼 시작합니다. 다들 머리가 새대가리 수준으로 좋아 이미 다 까먹었을 테니 제목을 다시 말합니다. '혼자 잘난 체하며 잘못을 인정하지 않는 병'입니다."

세상을 우습게 여기고 남을 깔보는 것, 재주와 능력을 뽐내는 것, 영예를 탐내고 이익을 좋아하는 것, 남에게 베푼 것을 못 잊고 원한에 사로잡히는 것, 생각이 같은 사람과는 편이 되고 생각이 다른 사람은 마구 공격하는 것, 잡다한 책 보기를 좋아하는 것, 남과 다른 견해만 내놓으려고 애쓰는 것이 모두 같은 종류의 잘못이다. 그 외에도 여러 가지 온갖 병을 이루 다 헤아릴 수 없다. 그런데 사람의 마음은 참 묘하다. 자기의 잘못에 대해 처음에는 부끄러워하다가 나중에는 화를 내고, 꾸미려 들다가 끝내는 도리에 어긋나게 된다. 우리는 모두 잘못을 저지른 사람. 서둘러 해야 할 일은 한 가지, '개과', 즉 뉘우쳐 고치는 일뿐이다.

하이에나의 낭독은 듣기에 불편했다. 랩을 하듯 리듬을 넣어 읽었기 때문이다. 분명 일부러 그랬을 테고. 선생의 불만을 알고 있을 게 분명한 하이에나는 요란하게 책을 덮으며 말했다.

"굉장하네요. 내용 죽이는데요. 서둘러 해야 할 일은 개 투 더 과! 팍팍 뉘우치고 다 때려 고치기! 잇츠 쿨."

하이에나는 까마귀를 보았다. 까마귀는 지친 듯 포기한 듯 전혀 반응하지 않았다. 토끼가 곧바로 손을 들었다. 선생은 고개를 끄덕였다. 토끼가 말했다.

"제, 제가 읽겠습니다. 제목은 '가볍고 하찮은 재주'입니다."

하이에나가 손뼉을 치며 말했다.

"네 얘기네. 잘, 잘 골랐어. 아주 탁월해."

토끼가 말했다.

"그냥 제목이야."

하이에나가 말했다.

"그러니까."

제발 좀 조용히. 너희는 쌍둥이니까. 선생은 하이에나와 토끼를 번갈아 보았다. 하이에나는 고개를 살짝 숙였고, 토끼는 누가 쫓아오는 것처럼 서둘러 읽기 시작했다.

생각하는 바가 있으면 글로 쓰지 않고는 못 견딘다. 글을 쓰고 나면 남에게 보여 주지 않고는 못 견딘다. 생각이 떠오르면 붓을 잡고 종이를 펼쳐 조금의 망설임도 없이 써 나간다. 다 쓰고 나서는 스스로 만족하며 아낀다. 글을 조금이라도 아는 사람을 만나면 보여 주고 싶어 안달복달한다. 내 글을 본 사람과 한바탕 말을 주고받는다. 그러고 나면 후회가 밀려온다. 내 마음과 글 상자 속에는 아무것도 남아 있는 것이 없다. 이는 모두 가벼움과 얄팍함 때문이다.

웃음이 나왔다. 이상한 일이었다. 어쩜 저렇게들 자신과 비슷한 글만 골라 읽는 것인지. 역시 자신의 잘못은 본능적으로 아는 것일까? 교실이 조용하다는 사실을 깨달았다. 웃음을 지우고 둘러보았다. 나서는 학생이 없었다. 흠, 개입하지 않기로 했다. 그냥 지켜보기로 했다. 느낌이 왔다. 이 수업은 스스로 길을 찾아 앞으로 나아갈 것이다. 분명 어떤 식으로든 답이 나올 것이다. 하이에나가 말했다.

"웬일로 가만히 있냐?"

까마귀에게 한 말이었다. 까마귀는 동요하지 않았다. 고개를 살짝 들고 천장을 바라보는 것으로 보아 당장은 읽을 생각이 없어 보였다. 그렇다면 올빼미겠지. 나무늘보는 나서지 않을 테니. 선생의 생각은 적중했다. 올빼미가 마지못해 손을 들었다. 손에는 수건이 감겨 있었다. 선생이 고개를 끄덕였다. 우울한 얼굴의 올빼미가 수건을 풀며 말했다.

"제목은 '마음의 병'입니다."

하이에나가 오호, 하고 입을 뗀 순간 까마귀가 자를 들었다. 하이에나는 손가락으로 입술을 잠그는 시늉을 했다. 올빼미가 읽기 시작했다.

사람들은 대개 어수선하여 자신을 점검하고 성찰하지 않는다. 백 가지, 천

가지 병이 있어도 찾아내지 못한다. 미친 사람의 마음에는 근심이 없는 법이다. 자기 성찰의 공부가 부족하기 때문이다. 우리가 진실로 마음을 다스리는 학문에 뜻을 둔다면 자신의 마음속에 수많은 병이 있음을 깨닫게 될 것이다. 배우는 사람이 마음의 병을 응시하지 않고서야 어찌 조화로운 경지에 이를 수 있겠는가? 마땅히 끈질기게 찾고 살펴야 할 것이다.

선생은 까마귀와 나무늘보를 관찰했다. 까마귀가 나무늘보를 슬쩍 보았다. 빙긋 웃는 나무늘보. 먼저 나설 생각은 전혀 없어 보였다. 까마귀는 까마귀다운 전략을 택했다. 까마귀가 말했다.

"먼저 읽지 않을래?"

나무늘보는 까마귀를 보며 웃었다. 고개를 끄덕이지도 가로젓지도 않았다. 그런데도 읽을 생각이 없다는 뜻은 제대로 드러났다. 놀라운 의사 전달 능력. 까마귀가 어쩔 수 없다는 듯 조금 힘 빠진 목소리를 냈다.

"제목은 '나에겐 관대하고 남에게는 칼 같은 성격'입니다."

까마귀는 습관처럼 하이에나를 흘깃 보았다. 하이에나는 입을 다문 채 웃으며 엄지를 들었다. 까마귀가 읽기 시작했다.

남의 흠을 꼬치꼬치 찾아내며 새로운 견해나 내려고 힘쓰는 것은 커다란 병이다. 지혜롭게 고민하지 않고 전적으로 옛글을 무조건 따르는 것 또한 이득이 전혀 없다. 배우는 사람은 선배 학자의 학설에 대해 진실로 의심나는 곳이 있으면 성급하게 별도의 견해를 내지도 말고, 성급하게 이미 한물간 것으로 간주하지도 말 일이다. 모름지기 깊이 연구하여 말한 사람의 본래 뜻을 알기 위해 힘쓰며 거듭 생각하고 따져 봐야 한다. 그리하여 혹 환히 이해하게 되면 묵묵히 스스로 한 번 웃을 뿐이요, 혹 오류를 발견하더라도 또한 너그럽고 순하게 이해하면 그만일 것이다.

이제 남은 건 나무늘보뿐이었다. 선생을 포함한 모두가 나무늘보를 보았다. 나무늘보는 웃으며 천천히 손을 들었다. 토끼가 말했다.

"손, 손은 안 들어도 돼."

하이에나가 실소를 터뜨렸고, 나무늘보는 빙긋 웃은 후 말했다.

"제목은 '마음의 병'입니다."

올빼미가 말했다.

"그건 내가 읽었는데."

나무늘보는 머리를 긁었다. 올빼미에게 고개를 숙였다. 올빼미가 당황한 얼굴로 따라서 고개를 숙였다.

나무늘보가 말했다.

"죄송합니다."

"너, 적당히 좀 해. 둔해 빠진 주제에 정신을 어디 두고 있는 거야?"

하이에나의 힐난이 쏟아졌다. 하지만 말과는 달리 표정은 밝지 않았고, 더 덧붙이지도 않았다. 선생은 생각했다. 하이에나 역시 나무늘보를 두려워하고 있군. 하이에나 정도라면 꾼을 알아보는 법이니까.

나무늘보는 맞서지 않았다. 조용히 고개를 숙이며 말했다.

"죄송합니다."

나무늘보는 고개를 숙이고 죄송하다고 말했다. 그런데도 왠지 나무늘보가 승자이고 하이에나가 패자처럼 느껴졌다. 왜 그렇게 느껴지는지 선생조차 알 수 없었다. 나무늘보가 말했다.

"제목은 '무조건 돌진하는 버릇'입니다."

하이에나는 못 들은 사람처럼 아무런 반응을 보이지 않았다. 역시 잘하는군. 감각이 있어.

본능적으로 강도를 조절하는 것이 분명했다. 하이에나는 보기보다 똑똑한 학생이었다. 나무늘보가 자리에서 일어났다. 일어날 필요는 없었으나 다들 아무 말도 하지 않았다. 나무늘보는 모두에게 인사를 한 후 읽기 시작했다.

나는 용감하지만 무모하다. 선을 좋아하지만 잘 가려서 하지는 못한다. 마음이 끌리는 대로 곧장 나아간다. 의심할 줄도 두려워할 줄도 모른다. 마음만 먹으면 그만둘 수도 있다. 그러나 일단 기쁨을 느끼면 절대 멈추지 않는다. 노자에는 '겨울 시내 건너듯 머뭇머뭇, 사람을 두려워하듯 조심조심'이라는 구절이 있다. 이 구절은 내 병을 치료하는 약이다.

나무늘보가 자리에 앉았다. 한동안 아무도 말하지 않았다. 선생은 생각했다. 정약용이 아닌 나무늘보 자신의 경험담 같군.

다들 말이 없는 것은 같은 내용을 머리에 두고 있기 때문일 것이다. 나무늘보가 행동하면 다들 진지해지고 생각에 잠긴다. 왜인지는 잘 모르겠다. 선생이 말했다.

"수고하셨습니다. 다른 사람이 읽는 것을 들으면서, 혹은 직접 읽으면서 여러 생각이 들었을 것입니다. 오늘 수업은 여기까지입니다. 숙제가 있습니다."

토끼가 말했다.

"뭔가요?"

선생이 말했다.

"오늘 읽은 정약용의 글 중 마음에 드는 것을 하나 고릅니다. 제가 나눠 드릴 정약용 자료집을 보면서 정약용의 실수를 찾아내 정리합니다. 본격적인 글을 쓰기 위한 일종의 구성 작업이라 할 수 있겠습니다. 다음 시간에 여러분은 결과물을 발표하고 다른 사람들의 의견을 듣게 될 것입니다."

선생이 말을 끝내자 어느새 되살아난 하이에나가 일어나 다른 학생들을 보며 말했다.

"다들 알지? 난 이미 찜했다. 노 터치. 웬만하면 건드리지 마라."

까마귀가 말했다.

"꼭 오늘 읽은 글 중에 골라야 하나요?"

까마귀다운 질문이었다. 까마귀는 선생이 좋아할 수밖에 없는 학생이었다. 나서지도 않았고 물러서지도 않았다. 그러면서도 핵심은 잘 짚었다. 까마귀는 도대체 무슨 실수를 했을까?

선생은 속으로 고개를 저었다. 학생들에 대한 지나친 호기심은 금물이다. 선을 넘고 싶지 않았다. 안 그래도 복잡한 일을 더 복잡하게 만들고 싶지 않았다. 지금까지만으로도 이미 피곤했다. 선생이 말했다.

"오늘 읽은 글은 일종의 가이드입니다. 자료집에는 다른 글들도 많습니다. 새로운 글을 골라내 작업을 해도 됩니다. 잊지 마세요. 여러분은 언어와 상상력의 탐정입니다."

하이에나가 말했다.

"왜 번거로운 짓을 하냐? 그냥 해."

까마귀가 말했다.

"너나 그냥 해."

하이에나가 말했다.

"하여간 특이해. 너 나 씨지? 나대는 건 아주 타고 났어."

올빼미가 손을 들었다. 선생이 고개를 끄덕였다. 올빼미가 말했다.

"겹치면 어떻게 합니까?"

선생이 말했다.

"괜찮습니다. 똑같은 글을 골랐더라도 해석은 다를 수 있으니까요."

올빼미가 수건을 입에 갖다 댔다 떼면서 말했다.

"그래도 확실하게 해 두는 게 좋지 않나요?"

올빼미의 마음은 이해할 수 있었다. 그러나 이제 무척 피곤했다. 지금 선생에겐 뭐랄까, 한 명 한 명을 보듬을 여유가 없었다. 비유하자면 선생도 막다른 길이었다. 선생은 눈을 한 번 감았다가 뜬 후 말했다.

"무슨 뜻인지 모르겠습니다. 다시 말하겠습니다. 다른 학생이 무엇을 하는지 크게 신경을 쓸 필요 없습니다. 이 수업의 목표는 앞에서도 말한 바와 같이 여러분 스스로 반성의 글을, 여러분다운 반성의 글을 쓰는 것입니다. 과정도 의미 있지만, 마지막 목표가 가장 중요합니다. 다시 말하지만 스스로, 그리고 여러분다운,

> **똑같은 글도 해석은 다를 수 있습니다.**

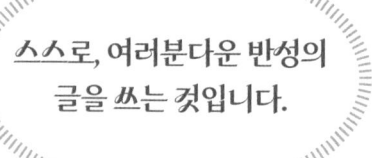

<u>스스로</u>, 여러분다운 반성의 글을 <u>쓰</u>는 것입니다.

이라는 점이 중요합니다. 다른 학생과 비교하는 것도, 점수를 매기는 것도 아닙니다. 여러분에게 집중하세요."

나무늘보가 손을 들었다. 조금 긴장한 선생은 자기도 모르게 침을 삼킨 후 고개를 끄덕였다. 나무늘보가 말했다.

"저는 운동선수 출신이라 책을 꼼꼼히 읽는 데 능숙하지 않습니다. 선생님이 말씀하신 과정이 쉽지는 않을 것 같습니다."

"할 수 있는 데까지 해 보기를 바랍니다. 원한다면 저도 돕겠습니다."

"선생님 말씀대로 할 수 있는 데까지는 해 보겠습니다. 그런데……."

"그런데요?"

"글에 꼭 맞는 정약용의 실수를 찾기 어려울 수도 있지 않습니까?"

선생이 말했다.

"좋은 지적입니다. 앞서 말했듯 정약용의 글은 남에게 보이기 위한 용도가 큽니다. 문집에 실려 있는 글은 대부분 그렇습니다. 무슨 뜻일까요? 다시 말하면 솔직한 자기 고백은 절대 아니라는 뜻이지요. 그렇기에 글과 실수를 일대일 대응하듯 연결하기는 어려울 수도 있습니다. 여러분의 상상력이 필요한 지점입니다. 탐정이 되어야 한다는 말, 잊지 마시길 바랍니다."

까마귀가 말했다.

"'금정 찰방으로 부임하는 정약용'이라는 글 말인데요, 이건 소설인가요? 정약용이 쓴 글 같지는 않은데요."

역시 까마귀로군. 선생이 말했다.

"금정 찰방으로 부임하는 정약용이 자신의 삶을 되돌아보는 글, 여러분에게 말했듯 상상력을 동원해 쓴 글이라고 생각하면 되겠습니다. 여러분의 작업에 도움이 될 것 같아 넣었습니다. 아닙니다. 솔직히 말하겠습니다. 교장의 명령으로 썼다는 사실을 이 기회에 확실하게 밝히는 게 좋겠군요."

7장
금정 찰방으로 부임하는 정약용

1795년 7월

누군가 집요하게 내 뒤를 쫓아왔다.◆ 내가 움직이면 그도 움직였고 내가 멈추면 그도 멈췄다. 자객인가? 아니, 내 앞에는 나와 똑같은 얼굴, 체형을 지닌 그가 서 있었다. 눈썹이 세 갈래로 갈라진 것마저 똑같았다. 그가 말했다.

"간단한 문제다. 너는 나를 잃어버렸다. 잃어버렸으면서도 잃어버린 줄 몰랐고, 몰랐으니 찾을 생각도 하지 않은 채 서둘러 떠

◆ 이 글은 앞에서 소개했으므로 요약본만 수록합니다.

났다. 그래서 나는 곤란해졌다. 나는 너이므로 네가 필요하다. 그러니 내가 너를 쫓을 수밖에."

… 그의 손에는 어느새 죽비가 들려 있었다. 그는 죽비를 칼처럼 들고 곧장 내 머리를 때렸다. 요란한 굉음을 내며 쪼개지는 대나무처럼 내 몸이 정확히 반으로 갈라졌다. 그는 분열된 내 몸 안으로 쓱 들어왔다. 나는 내가 분열되고 그가 난입하는 광경을 지켜보았다. 마치 제삼자처럼.

그의 말에는 그른 것이 하나도 없었다. 나는 '나'를 잃은 사람이었다. 늘 곁에 있으리라 믿어 의심하지 않았기에 조금도 귀한 줄 모르고 허투루 간직했다가 어디선가 '나'를 잃은 사람이었다.

세찬 바람이 불었다. 나무가 흔들렸고 말이 울었다. 이제부터라도 정신을 차리라고, 두 번 다시 나를 잃어버리지 말라고 당부하는 것처럼 세찬 바람이 불었고 나무가 흔들렸고 말이 울었다. 바람 소리 요란한 대나무숲을 잠시 바라보다 손바닥으로 아름다운 갈기를 쓰다듬으며 말에게 속삭였다.

"가자, 길이 멀다."

말 위에서의 다짐

뒤를 돌아보다

내리막길 이후 너른 길이 펼쳐졌다.

쓴소리로 나를 깨우쳐 준 친구와 보낸 시간 하나가 흐린 달처럼 떠올랐다.

"금정의 차가운 안개 벽오동을 감싸고 두레박 소리 끊기자 까마귀 까악깍 울며 지나간다"

"별처럼 반짝이는 듯한 '금정'이라는 단어가 특히 마음에 드는군."

지난가을, 내 집 죽란의 마당에서 친구와 초가을 밤을 즐기던 나는, 내 특유의 기고만장한 태도로 친구에게 시 한 편을 들려주었다.

금정은 우물을 멋스럽고 화려하게 표현한 것이었다. 그런데 내가 이제는 말 한 필에 의지해 진짜 금정으로 가고 있었다.

천주교   과거 급제   동림사

답이라도 찾는 심정으로 뒤를 돌아보았다. 놀랍게도 나의 과거가 옹기종기 모여 있었다.

둘째 형님과 함께한 겨울 동림사

선은 악을 동반한다

'이벽'으로부터 배운 천주교

돌이켜 보면 이벽이 내 모든 불행의 시작이었다. 그때는 몰랐으나 지금은 안다.

여덟 살 많은 이벽은 장대한 기골과 빛나는 두뇌로 선비들 사이에 이미 유명했다. 나는 큰형수의 동생인 이벽을 무척 따랐다. 임금에게 극찬을 들은 '중용강의'는 사실 이벽이 있었기에 완성할 수 있었다.

흠잡을 데 없는 사람 이벽이 왜 내 모든 불행의 시작이었을까? 이벽이 내게 준 건 『중용』에 대한 지식만이 아니었다. '중용강의'를 제출하기 얼마 전 둘째 형님과 나는 본가에 제사를 지내러 갔다가 이벽과 함께 배를 타고 서울로 돌아왔다. 그 좁은 배 안에서 이벽은 우리 형제에게 천주교의 가르침을 펼쳤다. 그는 천주교의 논리로 천지조화의 시작, 육체와 정신, 삶과 죽음의 이치를 우리에게 들려주었다…….

나는 열광했다. 그 사실마저 부인하지는 않겠다. 이해도 구하겠다. 그때 내 나이 겨우 스물둘이었다. 나는 새로운 것에 쉽게 홀리는 체질이었고 경박함이 특기라 아는 것을 남들에게 말하지 않고는 못 배기는 성미였다.

변명처럼 들리겠으나 푹 빠져 산 기간은 길지 않았다. 임금의 관심을 받으면서 나는 꿈에 그리던 입신양명이 그리 멀리 있지 않음을 알게 되었다. 천주교는 새로 얻은 지식과 감정이었고, 입신양명은 처음 문자를 익히기 시작한 때로부터 늘 가졌던 것, 바꿔 말하면 나라는 존재의 일부분이었다. 나는 기꺼이 입신양명을 택했다. 물론 나를 껄끄럽고 아니꼽게 여긴 이들은 내 비뚤어진 성향상 그럴 리 없다며 고개부터 저어 댔지만.

불행의 시작이건 아니건 이제 이벽은 무한한 그리움이다. 나와 중용을 토론하고 천주교를 전한 친구이자 고매한 스승 이벽은 그 이듬해 세상을 떠났다. 역병이었다. 이벽은 신선처럼 잠시 이 세상에 내려왔다가 서둘러 떠나갔다.

오래 걸린 대과 급제

나는 스물일곱의 나이에 대과에 급제했다. 늦은 나이는 아니었다. 내 실력과 재능의 측면에서 보자면 의외로 오래 걸렸다. 그런데 사실은 더 늦을 수도 있었다.

나는 초시에 합격해 성균관에서 오래 공부했지만, 최종 시험에서 계속 미끄러졌다. 그때마다 임금은 나를 불러 격려하고 때로는 따끔한 말도 해 주었다. 지금도 기억나는 몇 번의 만남이 있다.

스물셋 되던 해에 성균관에서 치르는 시험인 반시에서 수석을 차지한 나는 임금을 뵈었다. 물러 나오는데 승지 홍인호가 뒤따라 나오며 임금의 말을 전했다.

"정 아무개는 훗날 반드시 재상이 될 것이라 하시더군."

스물넷 되던 해에 초시에 합격하고 임금을 뵈었다. 임금은 이렇게 말했다.

"네 문체가 속되지 않아 마음에 든다. 다만 결실이 늦어지는 게 염려가 되는구나."

스물다섯 되던 해에는 은혜가 극에 달했다. 3월 반시에서 수석을 차지한 나는 임금을 뵈었다. 편한 옷을 입고 베개에 기댄 임금은 내게 답안을 읽어 보라고 했다. 임금은 구절구절마다 부채로 장단을 맞추며 흥겨운 목소리로 말했다.

"내용도 문체도 참 좋구나."

임금은 내게 『국조보감』 한 질과 백면지 100장을 선물로 내려주었다.

스물여섯 되던 해에 반시 수석을 차지한 나는 임금을 뵈었다. 임금이 물었다.

"초시를 몇 번 보았느냐?"

세 번 보았다고 대답했다. 바꿔 말하면 최종 시험에서 세 번 미끄러졌다는 뜻이다.

"가을이 코앞인데 열매는 아직이구나."

임금이 처음으로 초조한 기색을 드러내며 깊은 한숨을 쉬었다.

스물일곱, 나는 마침내 대과에서 장원 급제를 했다. 나중에 알고 보니 묘한 우여곡절이 있었다. 최종 성적이 원래는 2등이었는데 1등으로 정정된 것이었다. 장원 급제한 이가 아버지 이름을 쓰지 않은 어처구니없는 실수를 저질렀기 때문이다. 심사를 맡은 우의정 채제공은 그 일과 함께 임금의 반응도 들려주었다.

"심 아무개의 관상이 좀 별로였다고 하네. 정 아무개가 나라를 위해서는 더 좋겠다 여기고 계셨다고 하네."

다음 날 임금을 뵈었다. 즉석에서 시를 지으라는 명령이 떨어졌다. 늦게 급제해 죄송하다는 뜻을 담은 시를 지어 바쳤다. 임금이 눈살을 찌푸렸다.

"야심만만하구나. 가만 시를 읽어 보니 아예 재상이 되겠다고 포부를 밝히는 내용이야. 그럼 여기 있는 늙은 재상은 어떻게 한다? 잘라 버릴까?"

함께 자리했던 채제공도 당황하고 나도 당황했다. 임금의 호탕한 웃음소리를 듣고서야 비로소 농담임을 깨달았다.

시험에 들다

나를 미워하는 자들은 내가 임금 앞에서 온갖 아양을 다 떨어 댔다고들 말한다. 그렇지 않다. 나는 소신을 지켰다. 임금의 총애에 눈이 멀어 기고만장하지 않았다고 자부한다. '논어 음해 사건'이라고 나 스스로 이름 붙인 기묘한 일에 대한 처리를 증거로 내놓고 싶다.

스물여덟 되던 해, 나는 초계문신으로 있었다. 그 당시 초계문신은 대궐에서 숙직하면서 책을 읽고 다음 날 아침 임금 앞에서 강의를 해야 했다. 책만 정해져 있고, 강의할 부분은 임금이 즉석에서 정했다. 학식이 뛰어난 임금은 자그마한 빈틈도 놓치지 않았기에 신하들의 긴장도는 말로 표현할 수 없을 정도였다. 어느 날 밤 나는 상의원에서 숙직하며 『논어』 강의 준비를 했다.

임금이 보낸 밀사가 도착했다. 그는 쪽지 한 장을 건네며 속삭였다. 그와 나 둘밖에 없는데도.

"내일 강의할 부분입니다."

깜짝 놀라 되물었다. 경황 중에도 속삭이는 것은 잊지 않았다.

"이것을 어찌 안다는 말이오?"

밀사는 여전히 속삭였다.

"걱정하지 마십시오. 임금님께서 직접 알려 주신 겁니다. 공에게만 말이지요."

자상하신 임금이었다. 연일 이어지는 숙직의 피로로 혹시라도 강의 준비가 미비할까 봐 배려해 주신 것이었다. 나를 특별히 여기신다는 적나라한 증거!

다음 날 아침, 경연이 열렸다. 다른 날과 마찬가지로 임금이 즉석에서 강의할 부분을 정했다. 나는 속으로만 놀랐다. 전날 알려 준 부분이었다. 여러 신하의 강의가 이어졌다. 훌륭한 강의도 있었고 보통의 강의도 있었고 한심한 강의도 있었다. 내 순서가 되었다. 임금은 짧게 하품을 한 후 말했다.

"지루하구나. 다 비슷비슷하니 도무지 재미가 없다. 정 아무개는 다른 부분을 해 보아라."

순간적으로 당황한 모습을 보였던 것 같다. 임금은 매서운 눈으로 나를 보았다. 나는 임금에게 고개를 숙여 보인 후 강의를 시작했다. 내 입으로 말하기는 좀 뭣하지만 늘 그랬듯 강의는 훌륭했다. 임금이 빙긋 웃었다. 나도 속으로 빙긋 웃었다. 짓궂은 임금의 시험을 통과한 것이었다. 임금이 말했다.

"전편을 다 읽었구나."

임금의 속내를 읽어 시험을 통과한 내게 새로운 총애가 퍼부어졌다. 퍼부어졌다는 표현을 쓴 이유가 있다. 이전의 총애와 질과 양이 모두 달랐기 때문이다.

화성의 밑그림을 그리다

그리고 몇 해, 나는 임금의 전위로 살았다. 임금은 내게 많은 말을 하지 않았다. 나는 임금이 원하는 것을 미리 알았고 임금의 뜻을 이루기 위해 바쁘게 뛰어다녔다. 가장 극적인 결실은 수원 화성이었다. 임금이 밀지를 보냈을 때 나는 상중이었다. 아버지의 갑작스러운 죽음으로 고향 집에 머물렀다. 예학에도 밝은 임금이 상중인 내게 밀지를 보냈다는 건 일이 시급했기 때문이고, 임금이 원하는 속도에 맞춰 일을 해결할 사람은 나밖에 없었기 때문이다. 나는 서울과 고향 집을 오가며 성의 밑그림을 그렸다. 그렇게 완성된 문서가 바로 '성설'이다. 내게도 기념비 같은 글이라 첫머리를 장식한 문장들은 눈 감고도 외울 수가 있었다.

 화성에 성을 쌓는 역사는 쉬운 일이 아닙니다. 비용은 많이 드는데 과정은 번잡합니다. 치밀한 계획을 세우는 것이 그 무엇보다 중요한 까닭입니다. 신이 전에 들은 것을 간추려 외람되나마 어리석은 견해를 올립니다. 첫째는 푼수, 둘째는 재료, 셋째는 호참, 넷째는 축기, 다섯째는 벌석, 여섯째는 치도, 일곱째는 조거, 여덟째는 성제입니다.
 푼수에서는 성곽의 높이와 둘레를 정합니다. 이를 통해 전체 비용을 계산할 수 있습니다. 재료에서는 돌로 만든 석성이어야 하는 이유를 밝힙니다. 호참에서는 흙을 파서 생기는 구덩이의 처리와 활용법을 밝힙니다. 축기는 바닥을 다지는 일입니다. 벌석은 성에 어울리는 돌을 채취하는 방법입니다. 치도는 길 닦기, 조거는 돌을 실어 나르는 수레, 성제는 성벽을 무너지지 않게 쌓는 원리입니다. …

나는 문장으로 원리를 밝히고 그림을 통해 실제로 구현될 성의 모습을 임금에게 제시했다. 임금은 만족했고 서둘러 공사를 끝낼 수 있는 비법을 물었다. 그때 내 입에서 나온 단어가 바로 기중기였다. 나는 기중기의 원리와 활용에 관한 모든 것을 담은 '기중총설'과 '기중도설'을 지어 바쳤다. 기중기는 내 생각 이상으로 활약을 했다. 나를 욕하던 이들도 기중기만큼은 인정하지 않을 수 없었다.

임금의 칼

임금은 나를 암행어사로도 썼다. 갑작스러운 임명의 이유를 곰곰 생각해 보았다. 결론은 간단했다. 다스리는 자들이 진정으로 백성들을 위하고 있는지 날카롭게 살피고 따질 것. 한마디로 임금은 내게 칼이 되라고 요구하고 있었다.

나는 임금의 말 없는 요구를 성실하게 수행했다. 임금과 가까운 이들을 특별히 눈여겨 살폈고, 고위 관직에 오른 이들의 행실 또한 꼼꼼히 살폈다. 나는 몇몇 이들의 비리를 상세히 밝혀 임금에게 보고를 올렸다. 김양직, 강명길, 그리고 서용보가 바로 그들이었다.

김양직은 임금의 아버지 사도세자의 뭇자리 현륭원 터를 잡아 준 이름난 지관 출신이었다. 나는 김양직에 대해 이렇게 썼다.

> 5년 동안 관직에 있으면서 온갖 악행을 저질렀습니다. 늘 술에 취해 흐리멍덩하게 지냈으며, 일부러 노비를 놓아 주고 돈을 요구하는 등 악행이 끝이 없습니다.

강명길은 어의 출신이었다. 나는 강명길에 대해 이렇게 썼다.

다 늙었으면서도 탐욕이 심한데 야비하고 인색하기까지 합니다. 세금은 멋대로 높여 징수했고, 사람은 늘 뇌물을 받은 후에야 임명했습니다.

벽파의 실세 서용보는 경기도 관찰사였다. 고위 관리인만큼 나는 끈질기게 그를 뒤쫓았다. 그 결과 서용보가 금천의 도로를 정비하는 금액을 여러 고을에서 과하게 부과한다는 사실을 밝혔다. 금천은 임금이 화성에 가기 위해 반드시 거쳐야 하는 곳이었다. 서용보는 임금의 이름을 무기 삼아 사익을 채우고 있었다. 나는 이 사실 또한 임금에게 그대로 전했다.

암행어사를 마치고 돌아온 나는 사간원 사간, 동부승지, 병조 참의를 지내며 가까운 거리에서 임금을 보좌했다.
병조에서 숙직하던 어느 날 밤의 일 하나. 숙직을 맡은 나는 군호를 잘못 선정했고 임금은 나를 책망하며 묘한 숙제를 내 주었다. '폐하께서는 만세를 누리고 신하인 저는 이천석이 되었습니다'라는 제목으로 200줄짜리 시를 지어 올리라는 것이었다. 새벽 문이 열리기 전까지라는 조건이 붙었다. 시간은 이미 자정을 향해 달리고 있었다. 게다가 시의 제목이 도대체 뭘 뜻하는지 알 수 없었다. 나는 조선 최고 기억력의 소유자로 유명한 이가환에게 도움을 청해 제목이 어떤 고사에서 온 것인지를 알아냈다. 사람을 통해 편지를 주고받느라 거의 한 시간을 허비했다. 이제 남은 몇 시간 안에 200줄의 시를 써야 했다.

상세하게 설명하면 자랑이 될 것 같아 결론만 말하겠다. 나는 시를 완성했고, 임금은 드물게 극찬했다.

"구절구절 잘 다듬어졌는데 믿기지 않을 만큼 놀라운 표현도 섞여 있다. 시 짓는 속도가 그야말로 대단하구나. 이러한 실력과 재주를 가진 이가 세상에 몇이나 되겠는가?"

최고의 순간에 찾아온 좌절

임금의 시험을 모두 통과한 내게 남은 건 재상의 길뿐이었다. 나는 채제공의 뒤를 이어 임금을 보좌할 것이었다. 하지만 절정의 순간, 나락이 찾아왔다. 정적들은 임금의 총애를 받는 나를 눈엣가시로 여겼다. 언젠가는 자신들에게 칼을 휘두르리라 여겼다. 그들은 내 발목을 잡기 위해 온갖 수단을 동원했다. 그러다가 하나를 찾아냈다. 중국인 신부 주문모 밀입국 사건을 빌미 삼아 나를 집요하게 물고 늘어졌다. 모두가 꺼리는 천주교와 관련된 사항이라 임금도 마냥 무시할 수는 없는 중대한 사안이었다. 임금은 심사숙고한 후 물러서는 길을 택했다. 승지였던 나는 하루아침에 찰방으로 좌천되었다. 임금을 원망하냐고? 그렇지 않다. 나는 임금을 조금도 원망하지 않는다. 사실 이 같은 고비는 이미 예상한 일이었다.

내 병은 내가 제일 잘 안다. 나는 용감하지만 무모하다. 선을 숭상하나 행동은 거칠다. 마음이 끌리면 앞으로 나아간다. 의심도 두려움도 나를 막아서지 못한다. 천주교에 발을 디딘 것도 그래서였고, 입신양명을 꿈꾸었던 것도 그래서였다. 온갖 비방이 나를 향한 것도 그래서였다. 그 결과 나는 지금 금정으로 향하고 있는 것이다.

◆ 말과는 달리 선생님은 정약용 연구반에 열과 성을 쏟았습니다. 이 문장이 그 증거입니다. 여러분은 이 문장이 의미하는 바를 나중에 알게 됩니다.

8장
세 번째 수업 ①

하이에나가 제일 먼저 발표합니다.◆

하이에나의 발표

제가 붙인 제목은 '오만한 정약용'입니다. 원래 제목은 멋대가리가 없어서 바꿨습니다. 바꾼 제목, 확확 와닿지 않습니까?

혹시 홍길주라는 사람을 아십니까? 저는 잘 몰랐습니다. 자료

◆ 세 번째 수업에서는 학생들이 일 차 발표를 합니다. 그런데 학생들의 견해가 꽤 뛰어납니다(하이에나와 나무늘보는 예상을 완전히 배반하는 놀라운 결과물을 선보입니다). 다들 태도도 무척 진지해졌고요. 두 번째 수업까지의 학생들과 질적인 차이가 있다는 뜻이지요. 제 생각에는 두 번째 수업과 세 번째 수업 사이에 만남이 몇 번 더 있었던 것 같습니다. 선생님과 학생이 일대일, 혹은 일대다로 만나 꽤 많은 시간을 보냈던 것 같습니다. 그렇지 않고서야 학생들이 이렇듯 단기간에 바뀌고 비약할 수는 없습니다. 하지만 선생님은 어떤 이유에서인지 이 만남들에 대해서는 완전히 시치미를 떼고 있습니다. 이유가 뭔지 저도 참 궁금합니다.

집을 통해 알게 되었습니다. 제가 홍길주의 이름을 꺼낸 이유는 이분이 정약용을 무척 존경했기 때문입니다. 예고합니다. 이분 말솜씨가 토크 쇼 엠시 수준입니다.

정약용의 박식함이 우주를 꿰뚫었다. 빠짐없이 골고루 깨달았는데, 미세한 것 하나도 놓치지 않았다. 가슴에 쌓아 둔 지식이 많았으며 섭렵한 것이 광야처럼 넓었다. 무엇 하나 알지 못하는 것이 없는 놀라운 사람이었다.

박식함이 우주를 꿰뚫었다는 표현, 정말 죽이지 않습니까? 홍길주는 정약용이 세상을 떠났을 때 눈물을 펑펑 흘리며 외쳤답니다.

이럴 수가! 흑흑, 오늘 수만 권의 서고가 한꺼번에 무너졌다!

어떻습니까? 언어의 마술사 아닙니까? 우리 시대의 위대한 마술사 이은결이 너덜너덜한 모자에서 비둘기 꺼내듯, 제가 마술 공연 관람을 좋아해서요, 홍길주 이분은 눈이 휘둥그레지는 표현을 아무렇지도 않게 툭툭 꺼내 버립니다!

여기서 반전! 그런데 정약용을 사랑하는 이 홍길주조차 도저히 참고 견딜 수 없는 게 있었습니다. 바로 정약용의 잘난 체하는 병, 자기의 잘못을 절대로 인정하지 않는 병, 바로 오만 병이었습니다.

혹시 『아언각비』라는 책을 아십니까? 저는 잘 몰랐습니다. 자료집을 통해 알게 되었습니다. 이름부터 특이한 이 책은 정약용이 지은 어원 연구서입니다. 당시 널리 쓰이는 말과 글 가운데 잘못 쓰인 것들을 바로잡고 어원, 용례 등을 자세히 설명한 책이라고 합니다. 그런데 이 책 첫 부분이 정말 환장하게 끝내줍니다.

배움이란 무엇인가? 깨달음이다.
깨달음이란 무엇인가? 자기의 잘못을 깨달음이다.
잘못을 깨달으려면 어떻게 해야 하는가?
평소 하는 말에서 깨닫는 것이다.

우리의 홍길주 또한 『아언각비』 같은 어원 연구서를 쓰고 싶었습니다. 그래서 『아언각비』를 붙잡고 죽자고 연구했고, 다음과 같은 평을 남겼습니다.

끌어온 근거가 정밀하고 해박하다. 설명도 자세해서 반박하기가 쉽지 않다. 그런데⋯⋯.

네, 중요한 건 '그런데'입니다. 미리 말씀드리면 홍길주 이분, 정약용을 아끼고 존경하면서도 할 말은 다 합니다. 그런데 다음에는 완전 반전, 차가운 비판이 이어집니다.

> 지나치게 한쪽으로 쏠린 것이 흠이다. 책을 써서 지적할까 하다가 포기했다. 선생을 잘 알기 때문이다. 선생은 한번 논쟁을 시작하면 상대가 두 손 들고 항복할 때까지 물러서지 않는다. 말로는 늘 잘못이 있으면 고친다고 한다. 실제로 그런 적은 단 한 번도 없다.

흐흐, 말투에서부터 뭔가 지긋지긋해 보이는 분위기가 물씬 풍기지요. 홍길주는 또 다른 평을 하나 남겼습니다. 어느 날 홍길주는 중국 책을 읽다가 자신이 쓴 것과 비슷한 부분을 발견했습니다. 그런데 목차는 더 충실했고 내용도 풍부했습니다. 버그를 다 잡아낸 가성비 최고의 업그레이드 버전인 것이지요. 그 순간 홍길주는 정약용을 떠올렸습니다.

> 정약용 선생이 나와 같은 일을 당했다면 어떻게 했을까? 자기가 쓴 책을 당장 불태워 버렸을 것이다, 하하하.

와우, 좀 무섭지 않습니까? 책 한 권 쓰는 일이 장난은 아니었을 텐데 말입니다. 솔직히 우리는 지금 짧은 글 하나 쓰는 거로도 다들 절절매고 있지 않습니까? 옛날에 무슨 키보드가 있었겠습니까? 붓으로 한 글자 한 글자 직접 써야 했으니 걸린 시간도 장난이 아니었을 겁니다. 그런데도 고민 따위는 없이 깨끗하게 불태워 없애 버렸을 거다 이겁니다. 정약용은 지고는 못 사는 사람이었습니다. 정약용은 잘난 체의 끝판 왕, 오만 왕이었던 겁니다.

그런데 홍길주 한 사람만 정약용의 오만함을 지적한 게 아닙니다. 홍길주보다도 더 정약용을 아끼고 사랑한 사람 또한 같은 지적을 했습니다. 누구일까요?

모르는 게 없는, 도대체 이 자리에 왜 있는지 알 수 없는 우리 까마귀 님의 대답이 맞습니다. 정약용의 둘째 형 정약전입니다.

정약전은 인품이 무척 훌륭한 사람이었다고 합니다. 인품에 반한 친구들은 정약전이 역적으로 몰렸어도 배신하지 않고 끝까지 우정을 지켰다고 합니다. 훗날 정약전을 유배지까지 호송했던 군관은 헤어질 순간이 되자 눈물을 터뜨렸으며, 유배지 사람들은 정약전을 원래부터 같이 살던 가까운 이웃처럼 대했다고 합니다. 하지만 정약전조차 정약용을 견디기 어려울 때가 있었던 것 같습니다. 정약전은 한 문장으로 정약용의 문제점을 명쾌하게 정리합니다.

내 아우는 속이 좁은 것이 유일한 흠이다.

발표가 길어졌습니다. 이제 정리하겠습니다. 저는 정약전이 본 정약용을 쓰려고 합니다. 어느 새벽 일찌감치 눈을 뜬 정약전이 아직 어두컴컴한 바깥을 보다가 문득 붓을 드는 겁니다. 동생에게 충고하는 편지를 쓰는 겁니다. 물론 상상의 편지입니다. 제 발표는 이상입니다.

토론

솔직히 좀, 아니 굉장히 많이 놀랐습니다. 생각지도 못한 훌륭한 발표였습니다. 정약전이 본 정약용이라는 설정 또한 무척 훌륭하고요. 질문하겠습니다. 구체적으로 어떤 내용을 쓸 건가요?

의외의 칭찬, 쿨한 인정, 감사합니다. 까마귀 님도 보기보단 훌륭한 분이로군요. 자료집에 따르면 정약용은 이기경이라는 사람과 유난히 사이가 좋지 않았습니다. 한때는 둘도 없는 친구였는데 어느 순간 확 멀어진 것이지요. 우리도 알다시피 이런 사람들이 더 무섭지요. 친구였다가 반대편에 선 이기경은 중요한 시기마다 정약용을 마구 괴롭혔습니다. 그래서 저는 오만함을 버리지 않으면 친구 관계에 더 큰 문제가 생길 것이며, 친구 때문에 나중에는 인생을 망칠 거라고 정약전이 넌지시 충고하는 식으로 글을 쓰려고 합니다. 솔직히 말하겠습니다. 우정과 배반의 문제는 저와도 꽤 관련이 있으니까요. 조금은 후회하고 있답니다.

🙂 후회는 혼자 하시길.

🙂 까마귀 님에게 가벼운 충고를 하나 해도 될까요?

🙂 마음대로 하세요.

🙂 까마귀 님의 유일한 흠은 속이 좁고 입이 험한 거랍니다. 아, 하나가 아니라 둘이네요. 흐흐.

🙂 조금은 시, 시시한 질문이라 죄송합니다. 제가 알기로 홍길주는 정약용이 유배지에서 돌아온 후 만난 사람입니다. 우리가 다루는 금정 찰방 시절과는 거리가 있지 않습니까?

🙂 시시한 질문이 아니라 좋은 질문이고 중요한 질문입니다. 금정 찰방 시절을 주로 하는 게 좋겠지만 그 시절로 엄격하게 한정하면 실수를 찾는 일이 쉽지 않습니다. 그러므로 전 생애의 실수로 넓혀서 찾는 것은 어쩌면 당연한 일이라고 봅니다. 그렇게 찾아낸 작은 실수의 흔적을 통해 정약용이라는 사람의 삶 전체를 이해하는 것이 더 중요한 일이겠지요.

🙂 홍길주가 찾아낸 정약용 이야기는 무척 실감이 나고 재미도 있었습니다. 하지만 우리가 생각해야 할 문제도 있다고 봅니다. 정약용은 금정 찰방 시절 매일같이 반성했음에도 수십 년 후에도 똑같은 실수를 합니다. 실수가 고질적으로 반복되었다면 단순히 실수라고 보기는 어렵지 않습니까?

🙂 어렵고도 중요한 문제, 어쩌면 우리의 기본적인 원칙과도 관련된 사항이라 이번에도 제가 답하겠습니다. 나무늘보 학생의 지적대로 수십 년

후에도 똑같은 실수를 했다면 실수가 반복되었다는 뜻일 테니 실수라기보다는 약점이라고 봐야겠지요. 실수가 일회성이라면 약점은 실수가 반복되어 하나의 습성이 된 것입니다.

🧑‍🦱 정약용 같은 사람도 실수를 단번에 고치지 못하고 똑같은 실수를 반복했습니다. 반성한다고 실수가 고쳐지는 건 아니라는 증거 아닐까요? 하물며 우리 같은 학생이…….

🧑 역시 어렵고도 중요한 문제입니다. 우리가 지금 하는 일의 의미와도 연관이 되겠지요. 그렇더라도 당장 우리가 할 일은 한 가지, 실수를 반성하는 일입니다. 지금, 여기에 집중합시다.

9장
세 번째 수업 ②

까마귀가 두 번째로 발표합니다.

까마귀의 발표 내용

제 발표 제목은 '내로남불 정약용'입니다. '도산사숙록'에는 다음과 같은 구절이 있습니다.

배우는 사람은 선배 학자의 학설에 대해 진실로 의심나는 곳이 있으면 성급하게 별도의 견해를 내지도 말고, 성급하게 이미 한물간 것으로 간주하지도 말 일이다.

정약용이 공부에 대해 한 말입니다. 선배 학자에 대한 존경이 담겨 있지요. 그러나 정약용의 말과 행동은 일치하지 않았습니다. 존경은커녕 남의 흠을 적극적으로 찾아내는 데 힘을 기울였고, 자신의 새로운 견해를 서둘러 알리려고 애를 썼습니다. 자신에게는 너그러웠고, 남에게는 칼 같았습니다. 그래서 제목을 '내로남불 정약용'으로 정한 겁니다. 저는 '내로남불 정약용'이 자신의 정신적 스승이었던 성호 이익에 대해 어떻게 평가하고 어떤 행동을 했는지를 글로 쓰려고 합니다. 결론부터 말씀드리면 정약용은 연구, 사람, 관습의 측면 모두에서 오락가락하는 모습을 보였고, 나중에는 자신을 위해 성호 이익을 이용했습니다. 여기서는 그 과정을 짧게만 설명하겠습니다.

정약용은 어린 시절에 성호 이익을 무척 존경했습니다.

> 나는 성호 선생이 남긴 책을 보고 기쁘게 학문할 마음을 가졌다. 내 꿈은 성호 선생을 사숙하는 가운데서 깨달은 것이 대부분이다.

하지만 자라면서 생각이 바뀌어 성호 이익에 대한 비판도 많이 했습니다.

> 성호 선생이 쓴 책, 특히 예법을 다룬 책은 지나치게 간소하며 근거를 찾을 수 없는 내용이 너무 많다. 이 책을 널리 퍼뜨린다면 찾아서 읽는 이들에게 미

안한 일이 될 것이다.

뭐, 그럴 수 있다고 생각합니다. 생각이란 바뀌기 마련이니까요. 연구가 깊어지면 그럴 수도 있는 법이지요. 하지만 문제는 그 다음입니다. 천주교 문제 등으로 어려움을 겪게 되자 정약용은 다시 방향을 틀어 성호 이익을 높이는 작업을 진행했습니다. 성호 이익의 문제를 알고 있고 그의 한계를 비판했으면서도 자신의 미래를 위해 잠시 눈을 감은 겁니다. 이 과정들을 꼼꼼하게 글로 써 보고 싶습니다. 제 글이 생각대로 완성된다면 여러분은 정약용이 어떠한 성격의 사람이며 자신의 연구 결과, 스승, 그리고 막무가내로 일을 밀어붙이는 과정에서 어떠한 내로남불의 실수를 저질렀는지 쉽게 알 수 있을 것입니다.

토론

까마귀 님의 접근은 재미있습니다. '내로남불 정약용'이라는 제목부터 까마귀 님답고요. 지나치게 과감한 제목 같지만, 호기심에 불을 붙이는 역할도 한다고 봅니다. 제목이 끌리지 않으면 말짱 꽝, 처음 한두 줄이 재미없으면 당장 등을 돌리는 세상이니까요. 하지만 정약용이 성호 이익에 대해 취한 태도가 정말 내로남불인가요? 좋아하는 사람을 비판하지 말라는 법은 없지 않나요?

🙂 물론 그렇지요. 다만 도가 지나친 게 문제입니다.

🙂 구체적으로 말해 주세요.

🙂 그걸 글로 쓸 거라고 말했습니다.

🙂 저도 성호 이익에 대한 비판이 왜 내로남불인지는 잘······.

🙂 글로 보여 드린다니까요.

🙂 그, 그러니까······.

🙂 약간 옆길로 새는 것 같네요. 까마귀 학생의 말대로 글을 보고 더 이야기하는 게 좋겠습니다. 그럼 또 다른 의견?

🙂 까마귀 님의 글이 기대됩니다. 성호 이익의 만물비아 사상에 큰 위로를 받았거든요.

🙂 만물비하? 화가 치솟네요. 뭐 그런 사상이 다 있습니까?

🙂 만물비아, 하가 아니라 아.

🙂 그래요, 만물비아. 그게 뭡니까?

🙂 잘 모릅니다.

🙂 네? 지금 장난합니까? 위로를 받았다면서 잘 모른다고?

🙂 대답하기 싫다는 뜻입니다. 참고로 만물비아◆는 만물이 모두 나에게

◆ 혹시라도 궁금하신 분들은 저의 졸저 『성호사설을 읽다』를 읽어 보시기 바랍니다. 훌륭한 책은 아닙니다만, 뭐 나쁜 책도 아닙니다. 이도 저도 아닌 책이 사실은 제일 나쁜 책이라고 말하면 뭐 할 말은 없습니다.

갖추어져 있다는 뜻입니다. 세상 모든 존재는 평등하다는 뜻입니다. 저도 그 이상은 모릅니다.

🙂 저를 보지 마세요. 저도 잘 모르는 부분입니다.

🦉 분위기로 보아 나무늘보 님은 성호 이익에 대해 잘 알고 있을 것 같아요.

🦊 분위기가 어떤데요? 그럼 저는요? 그런데 왜 올빼미 님이 나섬? 대변인입니까? 처음부터 느꼈는데 왜 다들 나무늘보 님 편을 듭니까? 나무늘보 님도 실수를 해서 이 자리에 있는 거라고요. 특별할 것이 없다고. 사실 나무늘보 님은······.

🙂 떽. 물러가라! 하이에나 님의 말이 슬슬 험해지는 걸 보니 끝낼 시간인가 보네요. 좋은 의견 감사합니다. 잘해 보겠습니다.

10장
세 번째 수업 ③

토끼가 세 번째로 발표합니다.

토끼의 발표

제, 제가 고른 제목은 '참을 수 없는 존재의 가벼움'입니다. 까마귀 님의 조언을 듣고 정했습니다. 원래는 소설 제목이라고 하는데, 아쉽게도 저는 못 읽었습니다. 훌륭한 소설이라고 하는데……. 읽어 보지 못해 죄송합니다.

여러 말 듣기 전에 먼저 자백하겠습니다. 하, 하이에나 님과 까마귀 님의 발표를 듣고 무척 놀랐습니다. 생각보다, 또 실수했네요, 생각했던 것만큼, 아니 그 이상의 훌륭한 발표라서요. 제 발표는 그렇지 못합니다. 여러분이 자료집에서 다 읽은 이야기 몇 가지를 주저리주저리 다시 읽는 수준입니다.

그리고 한 가지, 이 이야기들을 바탕으로 어떤 식으로 저만의 글을 쓸 것인지도 아직 정하지 못했습니다. 제가 어떤 아이디어를 가지고 저만의 글을 써야 하는지 토론 시간에 의견을 내 주시면 좋겠습니다. 무리한 부탁입니다만 그래도 부탁드립니다. 그럼 시, 시작하겠습니다. 첫 번째 이야기입니다.

과거에 응시한 사람이 시험장에서 쓴 답안을 가져와 정약용에게 보여 주었다. 답안을 다 읽은 정약용은 과거 시험이 치러진 두 군데 장소 중 어디에서 보았느냐고 물었다. 두 번째 장소라고 말하자 정약용은 장원 급제할 것이라고 대답했다. 정약용은 몇 군데에 점을 찍고 밑줄을 그은 후 답안을 돌려주었다. 며칠 후 합격자 방이 붙었는데 정약용 말대로 장원 급제했다. 답안을 보니 점 찍고 밑줄 그은 곳이 정약용이 표시한 것과 똑같았다. 정약용을 다시 찾아가 어떻게 알았냐고 물었다. "시험을 주관하는 자의 성향을 정확히 알고 있기만 하면 되네."

만약 첫 번째 장소에서 시험을 봤으면 어떻게 되었을까 하고 물었다. 정약용이 답했다. "자네는 떨어졌을 것이네."

하이에나 님도 언급했던 홍길주의 글에 나오는 이야기입니다. 홍길주는 정약용의 천재성을 말하려고 이 이야기를 기록에 남겼

을 겁니다. 하지만 저는 좀 다르게 접근했습니다. 아, 물론 정약용이 천, 천재가 아니라는 의미는 아닙니다. 정약용은 당연히 천재이지요, 그것도 엄청난. 제가 말하려는 건…… 이런 겁니다. 과거는 공적인 시험이며 점수를 매기는 채점관이 따로 있습니다. 굳이 과거 시험 점수를 예상하고 채점관의 성향을 밝혀서 어떤 이득이 있는 건지 저는 잘 모르겠습니다. 자기 능력을 세상에 보여주고 싶어서 안, 안달이 난 사람 같습니다.

두 번째 이야기입니다.

    정약용은 열넷에 결혼했다. 아홉 살 많은 사촌 처남 홍인호가 아직 어린 정약용을 놀렸다.
    "사촌 매부는 삼척동자구나."
    정약용은 지지 않고 맞받아쳤다.
    "중후장손은 경박소년이구나."

중, 중후에는 두 가지 의미가 있다고 합니다. 정중하고 엄숙한 분위기라는 뜻의 중후, 그리고 홍인호의 할아버지 이름입니다. 조그맣고 어리다며 자신을 놀리는 홍인호에게 이름과 행동 모두 중후한 사람의 장손이 되어 왜 그리 경박하냐고 비난을 한 것입니다. 정약용의 기발한 대답을 들은 홍인호는 아무 말도 하지 못했다고 합니다. 말싸움에서 정약용이 이긴 겁니다.

그러나 정약용의 대답에는 문제가 좀, 아니 꽤 있다고 저는 생각합니다. 옛날에는 이름을 말하는 걸 꺼렸는데 굳이 남의 할아버지 이름을 들먹인 것도 그렇고, 놀림을 받았다는 이유로 대뜸 상대를 경박하다고 몰아붙인 것도 그렇습니다. 글쎄요, 이기기 위해서는 수단과 방법을 가리지 않는 느낌……. 꼭 싸움하듯 말대답해야 하는 상황이었는지도 잘은 모르겠습니다. 홍인호는 정약용을 공격한 게 아니라 귀여워서 한 말이었을 테니까요.

세 번째이자 벌써 마지막 이야기입니다. 아……, 죄송합니다. 발, 발표가 너무 짧지요. 제가 아는 게 좀 없어서……. 게다가 여러분 모두 아는 이야기일 겁니다. 선생님이 쓰신 글에서 가져왔습니다.

병조에서 숙직하던 어느 날 밤, 임금의 명령이 내려왔다. '폐하께서는 만세를 누리고 신하인 저는 이천석이 되었습니다'라는 제목으로 200줄짜리 시를 지어 올리라는 것이었다. 새벽 문이 열리기 전까지라는 조건이 붙었다. 시간은 이미 자정을 향해 달리고 있었다. 게다가 시의 제목이 도대체 뭘 뜻하는지 알 수 없었다. 나는 조선 최고 기억력의 소유자로 유명한 이가환에게 도움을 청해 제목이 어떤 고사에서 온 것인지를 알아냈다. 사람을 통해 편지를 주고받느라 거의 한 시간을 허비했다. 이제 남은 몇 시간 안에 200줄의 시를 써야 했다.

상세하게 설명하면 자랑이 될 것 같아 결론만 말하겠다. 나는 시를 완성했고, 임금은 드물게 극찬했다. "구절구절 잘 다듬어졌는데 믿기지 않을 만큼 놀라운 표현도 섞여 있다. 시 짓는 속도가 그야말로 대단하구나. 이러한 실력과 재주를 가진 이가 세상에 몇이나 되겠는가?"

자료집을 보니 한 줄에 한자 일곱 개를 사용해서 써야 하는 정형시이니 총 1,400자에 이르는 장편 시를 쓴 것입니다. 저는 시를 잘 모릅니다. 보통 사람들이 하기 힘든 성취였기에 이야기로 남았겠지요. 하지만 저는 이 일 또한 잘한 일이었는지 모르겠습니다. 자료집을 보면 이즈음에는 반대편이자 다수파인 노론 측에서 정약용을 무척 견제했던 것 같습니다. 남, 남인을 이끌어갈 리더로 여겼기 때문입니다. 정약용 또한 그 사실을 알았겠지요. 노론이 다수인 상황에서 재주를 조금은 숨겨야 하지 않았을까요? 굳이 자신이 똑똑하다는 사실을 이렇듯 요란한 방법으로 알릴 이유는 없지 않았을까요? 모난 돌이 정 맞는다는 말도 있지 않습니까? 그냥, 저의 생각입니다. 임금의 명령이니 무슨 수를 써서라도 시를 완성하고 싶었겠지요. 네, 그게 맞을 수 있겠습니다. 죄송합니다. 제가 동작은 빠른 편인데 생각은 좀 왔다 갔다 합니다. 어쩌면 이 마지막 이야기는 가벼움과는 관계가 없을지도 모르겠습니다.

죄, 죄송합니다. 많이 부족하다는 것, 저도 잘 알고 있습니다. 여러 이야기를 해 주면 귀담아듣겠습니다. 귀가 복주머니처럼 커서 남의 말은 잘 듣거든요. 예, 웃으세요, 웃으라고 한 말입니다. 그럼 잘 부탁드립니다. 제 발표는 여기까지입니다.

토론

🙂 와우, 토끼 님은 죄송합니다와 부탁합니다를 너무 사랑해. 안 그래도 간략한데 둘을 빼면 남는 게 없네. 도대체 뭐가 그렇게 죄송하고 부탁할 건 또 왜 그리 많습니까?

🙂 죄송……. 여러 가지로 부족한 느낌이 들어서요.

🙂 우린 다 실수해서 여기 있는 겁니다. 토끼 님이나 우리나 다를 게 없습니다. 그리고 저는 토끼 님이 이야기를 잘 골랐다고 생각합니다. 구체적인 이야기들이라 잘 와닿습니다. 전혀 어렵지도 않습니다.

🙂 감사합니다. 까, 까마귀 님의 조언 덕분입니다. 글을 어떤 식으로 쓰면 좋을지에 대한 의견도 부탁, 죄송, 아니……, 알려 주시면 고맙겠습니다.

🙂 제가 한마디 해도 될까요?

🙂 그냥 물어보세요. 제 주제에, 죄송……. 제가 허락하고 말고가 있나요?

🙂 하이에나 님이 정약전의 관점에서 쓰기로 한 것을 참고해 반대편의 입장에 선 누군가가 등장해 서술하는 것으로 하면 더 재미있을 것 같습니

다. 일일이 자랑하는 정약용이 조금은 꼴사나웠을 테니까요. 그리고…… 토끼 님에게는 스스로 생각하는 것보다 훨씬 장점이 많다는 것을 이 기회를 통해 말하고 싶습니다. 토끼 님은 적어도 자신에 관해서 잘 알고 있으니까요.

🙂 앗! 여러 가지로 고맙습니다. 이건 진짜인데요, 이야기를 듣다 보니 좋은 생각이 떠올랐습니다. 열심히 하겠습니다. 잘 부탁드립니다.

🙂 홍인호?

🙂 어, 어떻게 그걸? 하이에나 님은 역시 날카롭네요. 그런데 어떻게?

🙂 노노노, 그건 비밀. 괜히 제 자랑하는 것 같아서요. 말하면 다들 질투할 테니. 혹시 궁금하면…….

🙂 토끼 님, 하이에나 님에게 휘둘리지 말고 본인 생각대로 하세요. 저는 토끼 님이 훨씬 더 낫다고 봅니다.

🙂 죄, 죄송합니다. 아니, 감사합니다.

11장
세 번째 수업 ④

올빼미가 네 번째로 발표합니다.

올빼미의 발표

제가 생각한 제목은 '마음의 병'입니다. 얼핏 생각하기에 이 주제는 명확해 보입니다. 따로 설명이 필요 없을 것 같습니다. 하지만 구체적으로 생각해 보면 대단히 애매하고 모호합니다. 정약용의 글을 다시 읽고 정약용의 관점에서 생각하는 게 좋겠습니다.

사람들은 대개 어수선하여 자신을 점검하고 성찰하지 않는다. 백 가지, 천 가지 병이 있어도 찾아내지 못한다.

요즈음 사람들은 남의 병에 참 관심이 많습니다. 그러나 정작 자신의 문제는 별로 돌아보지 않는다는 뜻입니다. 정약용도 그렇습니다. 반성을 많이 하는 것 같지만, 실제 행동을 자세히 살피면 별로 그렇지 않았습니다. 특히 문제가 생길 때마다 자꾸 변명하려 드는 치명적인 마음의 병이 있었습니다.

자료집에서 찾아낸 내용을 읽어 보겠습니다.

> 예전 어떤 사람이 문중자에게 비방을 멈추게 하는 방법을 물었소. "변명하지 마라."
>
> 어떻소? 비방을 멈추게 하는 방법인 것은 물론이고 본바탕을 함양하는 공부에도 도움이 될 말인 것 같소.

성호 이익의 후손 이삼환이 정약용에게 쓴 편지의 내용입니다. 자료집에 이 편지를 쓰게 된 배경이 나옵니다. 금정 찰방 생활을 마치고 돌아온 정약용이 - 정약용은 금정에 5개월밖에 머물지 않았지요. 요란스러운 반응에 비하면 그리 길지는 않았답니다 - 동부승지에 제수되자 노론 측에서 또다시 천주교와의 연관성을 들먹이며 반발했습니다. 정약용은 계속해서 발목을 잡는 천주교와의 연결 고리를 아예 끊고자 결심했습니다. 천주교에 정신이 팔렸던 젊은 시절 이야기를 구구절절 해명하는 글을 써서 정조에게 보내려고 했습니다. 그 전에 이삼환에게 보여 주었는데 위와 같은 충고를 해 준 것입니다. 이삼환의 입장은 단호했습니다. 괜히 변명하지 마라. 네가 한 행동을 솔직히 인정하라.

정약용은 어떻게 했을까요? 네, 여러분의 생각대로입니다. 정약용은 이삼환의 말을 듣지 않았습니다. 변명으로 가득 찬 글을 기어코 정조에게 보내고야 말았습니다. 자료집에 실린 내용을 조금만 읽겠습니다.

> 신이 서양 사설에 관한 책을 본 것은 20대 초반이었습니다……. 우리 유학의 한 파로 인식하고 문단의 기이한 구경거리로 여겼습니다. 남들과 이야기할 때 꺼리거나 숨기는 바가 없었고, 남들이 비난하거나 배척하는 것을 보면 견문이 적고 사리에 어두워 그렇다고 생각했습니다. 저의 의도는 명확했습니다. 단지 새로운 견문을 넓히려는 것이었습니다. 그러나 저는 원래 출세하여 높고 귀한 지위를 얻는 데 뜻을 둔 사람이었습니다. 성균관에 들어간 후로는 오로지 과거 시험에 대비하기 위한 공부에 매진하여 여러 시험에 최선을 다했을 뿐입니다. 서양의 사설 같은 것에는 조금도 뜻이 없었습니다. 더구나 과거에 급제해 나라의 관리가 된 후로는 어찌 다른 공부에 마음을 쓸 수 있었겠습니까?

정조는 다음과 같이 평을 내렸습니다.

상소를 보고 잘 알았다. 착한 마음의 싹이 넘쳐흘러 온화한 봄바람에 만물이 자라는 듯하구나. 종이에 가득히 죄를 늘어놓은 글은 듣는 이를 감동하게 하기에 충분하다. 그대는 사직하지 말고 직책을 수행하라.

정조가 정약용의 말을 백 퍼센트 수긍했는지는 알 수 없습니다. 다만 정조는 그 정도로 끝을 내려 한 것입니다. 하지만 노론 측의 생각은 달랐습니다. 정약용의 상소는 되먹지 않은 변명에 불과하다며 계속 공격을 퍼부었습니다. 이삼환의 예상대로 변명으로 일관한 상소는 별 도움을 주지 못했던 겁니다. 결국, 정조는 여론에 굴복해 정약용을 다시 한 번 지방관으로 내려보냅니다.

제가 말하고 싶은 건 정약용과 천주교입니다. 정약용은 천주교에 관한 한 처음부터 끝까지 갈팡질팡했습니다. 천주교를 믿었다가도 천주교로 비방을 받으면 늘 변명하며 천주교를 배신했습니다. 한두 번이 아니라 여러 번 그랬습니다. 저는 천주교를 대하는 이런 태도야말로 정약용이 말한 마음의 병 말고는 설명할 방법이 없다고 생각합니다. 그래서 저는 천주교에 대한 정약용의 말과 행동을 중심으로 글을 쓸 예정입니다.

토론

🧑 와우, 짝짝짝. 정말 대단한 용기! 우리 아버지께서는 늘 말씀하셨지요. 아들아, 자장면 먹을 때는 제발 흘리지 좀 마라, 정치와 종교 문제는 아파트형 벌집이니 웬만하면 건드리지 말도록 해라. 그런데 정면 돌파라, 와우, 정말 대단합니다.

🧑 말이 많은 걸 보니 제 주장을 잘 이해하지 못했나 봅니다. 저는 마음의 병에 초점을 맞춘 것이라고 말했습니다.

🧑 잘못이 있다면 정치와 종교 문제도 건드리지 않을 이유가 없다고 생각합니다. 왜 피합니까?

🧑 똥이 무서워서…….

🧑 방향을 달리해서 묻고 싶습니다. 정약용이 천주교 신자였는지 확실하지 않다는 연구 결과도 꽤 많은 것으로 저는 알고 있습니다.

🧑 저도 그 점은 잘 알고 있습니다. 제 능력 밖이라 저는 마음의 병에 초점을 맞추어서 글을 쓰겠습니다.

🧑 능력이 안 되면…….

🧑 여러분은 학생입니다. 이 수업 시간 동안 건드리지 말아야 할 금기 같은 것은 없다고 생각합니다. 남들의 눈에 어떻게 보일까 생각하지 말고 자유롭게 글을 쓰기 바랍니다.

🧑 저, 저도 천주교 신자입니다만 올빼미 님을 응원합니다.

🦁 흥미롭고 논쟁적인 주제라고 생각합니다. 올빼미 님의 혜안을 기대합니다.

🦝 여기서 해안이 왜 나옵니까? 어디서 자다 왔습니까? 고래라도 구경하고 싶습니까?

🦝 해안이 아니라 여 이, 혜안입니다. 사물을 꿰뚫어 보는 뛰어난 안목이라는 뜻입니다.

🦝 그걸 누가 모릅니까? 쉬운 말 놔두고 굳이 어려운 말을 쓰는 그 삐뚤어지고 모난 태도에 가래침을 뱉으려는 뜻이었다고요. 혹시 나무늘보 님도 정약용 과?

🦝 참 나, 가래침을 뱉다니, 일침을 놓는 것이겠지요.

🦝 네, 혜안, 그리고 일침. 나도 다 안다고요. 사람들이 왜 이리 딱딱해? 자장면도 안 먹어 봤나? 도대체 유머가 없어. 그 뻣뻣한 태도를 안 바꾸면 미래가 없다고.

🦝 하이에나 님이야말로 바뀐 게 하나도 없네요. 사람 안 변한다더니.

🦉 까마귀 님의 말에 동의합니다. 하이에나 님 혼자 이 수업에 방해가 되고……

🦝 자, 여기까지. 아직 나무늘보 학생의 발표가 남았습니다.

12장
세 번째 수업 ⑤

나무늘보가 마지막으로 발표합니다.

나무늘보의 발표

제가 고른 제목은 원제 그대로 '무조건 돌진하는 버릇'입니다. 좌고우면이라는 사자성어가 있습니다. 이쪽저쪽을 돌아보며 망설인다는 뜻입니다. '돌다리도 두들겨 보고 건너라'는 속담도 있습니다. 행동으로 옮기기 전에 한 번 더 고민하라는 뜻입니다. 정약용은 좌고우면과 돌다리 두드리기의 미덕을 전혀 모르는 사람이었습니다. 무조건 앞으로, 또 앞으로 돌진하는 사람이었습니다. 선생님은 '전위'라고 표현했습니다. 사전을 찾아보니 전위에는 여러 정의가 있었습니다. 정약용과 관련이 큰 정의 한 가지만

제시하겠습니다.

[군사] 부대 이동 시 중단 없는 전진을 보장하기 위하여 본대의 맨 앞에서 경계, 수색 임무와 아울러 진로를 방해하는 장애물을 제거하는 임무를 맡은 부대.

군사 용어라는 점만 빼면 실제 정약용이 했던 행동을 설명하는 데 충분하고 완벽한 정의입니다. 어쩌면 군사 용어라는 점도 받아들일 수 있겠습니다. 정약용이 속했던 소수파 남인이 다수파인 노론에 대항해 벌인 투쟁은 목숨을 건 일종의 전쟁이었기에 '전위'라는 표현은 꽤 적절하다고 생각합니다. 그렇다면 우리는 자연스럽게 다음과 같은 질문을 하게 됩니다. 투쟁의 전위에 선 것이 과연 실수일까요? 앞뒤 가리지 않고 돌진한 것이 과연 실수일까요? 여러분은 어떻게 생각하십니까?

이에 대한 답은 당사자 정약용에게서 찾아야 한다고 생각합니다. 정약용의 글을 다시 읽어 보겠습니다.

나는 용감하지만 무모하다. 선을 좋아하지만 잘 가려서 하지는 못한다. 마음이 끌리는 대로 곧장 나아간다. 의심할 줄도 두려워할 줄도 모른다. 마음만 먹으면 그만둘 수도 있다. 그러나 일단 기쁨을 느끼면 절대 멈추지 않는다. 「노자」에는 '겨울 시내 건너듯 머뭇머뭇, 사람을 두려워하듯 조심조심'이라는 구절이 있다. 이 구절은 내 병을 치료하는 약이다.

'여유당기'의 일부를 고쳐 쓴 것입니다. 정약용의 또 다른 호인 '여유당'의 유래를 설명한 글이지요. 정약용의 문집 이름이 바로 『여유당전서』입니다. 제가 중요하게 생각하는 점을 발표하겠습니다.

'여유당기'는 1800년 정조 사망 후에 쓴 작품이라고 합니다. 하지만 1792년 아버지가 돌아가신 후 지은 작품이라는 견해도 있습니다. 저는 후자 쪽을 따릅니다. 역사에 식견이 부족한 제가 후자를 따른 이유는 한 가지, 제 의견을 펼치기에 유리하기 때문입니다.

1792년, 정약용은 서른 살이었습니다. 정조의 전위로 활발하게 활동했던 시기였습니다. 정조의 핵심 정책이었던 수원 화성을 설계한 시기였지요. 이 시기에 정약용은 여유당기를 썼습니다. 이유가 뭘까요?

제 생각은 이렇습니다. 겉으로는 당당했던 정약용의 마음에 의심과 불안이 조금씩 싹트기 시작했습니다. 내가 지금 하는 일이 과연 맞는 걸까, 하는 불안과 의심 말이지요. 다시 말하면 정약용은 자신이 총대를 메고 하는 일이 실수는 아닐까, 하고 생각했다는 뜻입니다.

그래서 저는 이 시기 정약용이 실수라고 생각했을 만한 사례들을 문헌에서 찾아보았습니다. 대략 세 가지 정도가 나왔습니다. 첫 번째는 1789년, 선비 이진동을 죽음에서 구한 사건입니다. 두 번째는 1790년, 사도세자가 한때 머물렀던 온양 행궁을 정비한 건입니다. 세 번째는 1792년, 28명의 남인을 한꺼번에 추천한 일입니다. 저는 이 세 가지에서 좋게 말하면 '전위', 조금 나쁘게 말하면 광대나 돈키호테 같은 정약용의 모습을 보았습니다.

그래서 저는 정약용의 관점에서 이 세 가지 일을 평가하는 글을 쓸 생각입니다. 객관적인 증거가 없는 정약용의 마음, 즉 실수했을지도 모른다는 불안과 의심으로 가득한 마음을 제 글로 드러내고 증명할 생각입니다. 쉽지 않은 일이라고 생각합니다. 과연 제 글솜씨로 객관적 증거가 존재하지 않는 사안을 사실이라고 설득할 수 있을까요? 그러나 어려운 것이 때로는 장점이 됩니다. 우리 같은 학생들 아니면 그 누구도 시도해 볼 수 없는 종류의 일이라고 생각합니다.

제 이야기를 마치기 전에 전위에 대한 매력적인 정의 하나만 더 소개하겠습니다. 정약용이 꿈꾸던 전위일 수도 있다는 생각이 들어서요.

전위의 얼굴을 본 사람은 없다. 늘 질주하는 탓에 뒷모습만 노출할 뿐. 정체

가 밝혀지면 이미 전위라 말할 수 없기에.◆

토론

🧑 다들 조용하군요. 그럼, 하이에나 학생부터 시작해 봅시다.

🧑 흠……. 나무늘보 님, 알면 알수록 새로운 양파 같은 사람입니다. 양파 조각이 너무 많아서 눈물이 다 나오네. 나무늘보 님의 실수도 정약용과 비슷한 상황에서 나온 것 같습니다. 돌진, 또 돌진. 인정합니까?

🧑 제 실수를 이야기하는 자리는 아니라고 생각합니다.

🧑 몇 달 전 학교를 떠들썩하게 했던 야구부 사건과 관련 있는 것 아닙니까? 어디서 봤다 싶었는데…….

🧑 그 이야기는 할 자리도 아니고 하고 싶지도 않습니다.

🧑 그러면 언제 합니까?

🧑 지금은 정약용에 집중합시다.

🧑 나무늘보 님의 발표를 듣고 나니 머리가 조금 복잡해집니다. 신념에 따른 행동도 실수에 포함되나요?

◆ 인터넷을 뒤진 끝에 재즈 평론가 소에지마 데루토의 말이라는 것을 알아냈습니다. 하이에나가 뒤에 물었듯 나무늘보의 정체가 뭔지 저도 궁금합니다.

🐺 방식에 심각한 문제가 있으면 실수가 될 수 있다고 저는 생각합니다.

👓 그것은 너무 냉정한 관점 아닌가요?

🐺 실수에는 필연적으로 평가가 들어갑니다. 남의 평가건, 나의 평가건 말입니다. 평가의 개념이 없다면 실수란 존재하지 않습니다.

🧑 나무늘보 님, 정체가 도대체 뭠? 외모가 주는 이미지와 달리 생각하는 게 꽤 빡빡하심.

🐺 학생입니다. 여러분처럼 실수를 저질러 301호에서 특별 수업을 받는 학생.

🧑 하이에나 님의 편견입니다. 외모와 수준이 딱 맞는데요. 그렇지 않나요?

🐺 그런 문제는 생각해 본 적이 없습니다. 여러 의견 주신 것에 대해 감사드립니다.

13장
네 번째 수업 ①

하이에나가 글을 발표하고 토론합니다.
새로운 인물이 등장합니다.

하이에나의 발표

동생아, 지금은 새벽이다. 며칠 전 너는 내 손을 꼭 잡고 당부했지. 힘으로 밀리지 않는 강한 사람이 되라고. 뒤가 아닌 앞에 서서 이끄는 사람이 되라고.

손이 좀 아프더라. 네 목소리가 너무 커서, 네가 너무 진지해 보여서 나는 그냥 씩 웃으며 고개를 끄덕였지. 지나친 참견이라고도 생각했지만, 아무 말도 하지 않았어. 하지만 아무래도 몇 마디 하는 게 좋을 것 같구나. 동생아, 그래서 지금 나는 붓을 들었다. 그날 너에게 하지 못했던 염려의 말을 하려고.

너는 내게 말했지. 세상을 혼자 사는 것이 아니라고. 옳은 말이다. 흠잡을 데 없는 훌륭한 말이다. 그런데 요즈음의 너를 보면 마치 세상에서 너 혼자 사는 것 같은 느낌이 든다. 이름 하나를 말하겠다. 그 이름은 바로 이기경.

잔뜩 찡그린 너의 얼굴이 보이는구나. 이해한다. 이기경은 너랑 가장 가까운 친구였지. 그러다가 조금씩 사이가 멀어져 끝내는 원수처럼 되었지. 그 이유까지 따져 묻고 싶지는 않다. 사이란 좋다가도 나빠질 수 있으니까. 내가 염려하는 것은 그러는 동안 네가 이기경에게 보인 과격할 정도로 오만한 행동들이다.

너는 이기경에게 너무 오만하게 굴었다.
한때 이기경은 너의 가장 가까운 친구였다.
그런데도 너는 이기경을 아랫사람처럼 대했고, 가르쳐야 할 학생처럼 대했다.
너는 이기경을 무시하고 속으로는 경멸했다.

그래선 곤란해. 지나쳐도 많이 지나친 것이지. 여러 시험에서 너랑 일이 등을 다투던 똑똑한 친구였는데 말이야. 심성도 네 생각만큼 못되지는 않았고. 그러나 너는 이기경을 무시하고 경멸했다. 네가 오만하게 대한 결과 이기경은 너에게 앙심을 품었고 너에게 피해를 주기 위해 온갖 수단을 가리지 않았다. 물론 너는 이렇게 말하겠지. 이기경은 임금의 노여움을 사 유배를 떠났다고. 벌을 받았으니 그것으로 다 된 거 아니냐고.

나는 그렇게 생각하지 않는다. 이기경은 언젠가는 돌아올 것이고, 너의 약점인 천주교를 거론하며 거세게 공격할 것이다. 물론 너는 이렇게 말하겠지. 이기경 정도는 언제든 물리칠 수 있다고.

너의 말이 옳을 수도 있다. 너의 강함으로 이기경을 물리칠 수도 있다. 그런데 말이다, 꼭 힘으로 상대를 밀어붙이는 게 정답은 아니란다. 너도 말했다시피 매서운 기상만으로 세상을 살아나갈 수는 없다. 세상 법도에 맞추어 조금씩 부드럽게 손을 볼 필요가 있다는 말이다. 오만함을 조금 버리고 함께 살 방법을 찾으라고 말하는 거다.

네가 옛날에 썼던 글을 베껴서 보낸다. 잘 읽어 보고 잘 생각해 보기를 바란다.

상하 오천 년 중 더불어 같은 세상에 사는 것은 우연이 아니다.
종횡 삼만 리 가운데 더불어 같은 나라에 사는 것도 우연이 아니다.

토론

- 댁들은 도대체 뉘시오? 댁들이 입은 이상한 옷들은 또 무엇이오? 혹시 나를 미워하는 자들이 보낸 첩자들이오?
- 아우, 깜짝이야. 아저씨야말로 누구세요? 도대체 어디서 튀어나왔습니까?
- 이, 이 교실엔 언제 들어온 건가요? 다른 건 몰라도 제가 눈이 좋거든요. 누가 들어오는 걸 본 적이 없는데. 제, 제가 모르는 비밀 통로라도 있나요?
- 도대체 무슨…….
- 아, 얼굴에 묻은 먼지나 좀 닦으세요. 냄새도 지독해.
- 정체부터 밝히세요. 도대체 누구세요?
- 나는…….
- 빨리 대답하세요. 대답이 조금이라도 이상하면 확 신고해 버릴 테니까. 학교에 침입한 걸 보니 혹시…….
- 자, 진정하세요. 제가 설명하겠습니다. 이분은 정약용입니다.
- 댁은 또 누군데 남의 귀한 이름을 함부로 부르오? 예의도 모르오?
- 정약용 씨, 적당히 하세요. 너무 오버하지 말고 자연스럽게 적당히.
- 정약용 씨? 뭘 적당히 오부……?

🙂 제가 쓴 글은 읽었을 것으로 압니다. 마지막에 어떻게 되었지요?

🙂 제, 제가 읽겠습니다. '넓은 길 한가운데에는 크고 검은 구멍이 있었다. 나는 멀쩡히 눈을 뜨고도 크고 검은 구멍을 보지 못하고 발을 디뎠다. 나는 바닥에 떨어졌고, 정신을 잃었다.'

🙂 아니, 그 일들은 또 어떻게⋯⋯. 댁들도 거기에 있었소?

🙂 이제 알겠습니까? 바닥에 떨어진 정약용이 우리 교실로 타임슬립한 것입니다.

🙂 타인슬비, 뭐, 뭐⋯⋯.

🙂 이게 선생님이 준비했다는 이벤트입니까?

🙂 그렇습니다. 그러니까 이분은 바로 정약용입니다!

🙂 와우, 다들 박수. 선생님 이벤트 제대로 취저! 돈 좀 쓰셨겠네요. 그런데 정약용 님, 연기력이 대단하십니다. 언제 어떻게 들어온 거예요? 홍길동 변신술이라도 배웠습니까? 신출귀몰 대단한 솜씨네요.

🙂 도대체 무슨 소리인지⋯⋯. 나도 기절했다가 눈을 떠 보니⋯⋯.

🙂 모처럼의 기회이니 우리를 찾아온 정약용 씨에게 궁금한 점을 물어보도록 합시다. 한 가지, 질문은 되도록 자료집에 있는 수준으로.

🙂 이거 정말 재미있네. 흥미가 팍팍 솟아요. 제가 먼저 시작하겠습니다. 둘째 형님에게 충고를 참 많이 했더군요. 본인이 형님보다 더 잘났다고 생각한 겁니까?

🙂 처음 보는 이에게 다짜고짜 묻는구려. 어째 좀 예의가⋯⋯.

🙂 묻는 말에 답이나 하세요.

🙂 아……. 여러 형제 중 가장 아끼는 분이 바로 둘째 형님이오.

🙂 그래서요?

🙂 둘째 형님에겐 약점이 있었소. 마음이 너무 좋아 남에게 모진 말을 못 하고, 남과 부딪히는 일이 생기면 항상 먼저 물러나는 분이었지. 그 약점에 대해 몇 번 세게 이야기한 적은 있었소. 내가 잘나서가 아니라 형님을 위하는 마음에 그런 거요.

🙂 형님이 정약용 님을 어떻게 보셨는지 아시나요?

🙂 똑똑하다고 생각하셨겠지. 남자답기도 하고…….

🙂 형님은 이렇게 말했습니다. 도량이 부족한 것이 유일한 흠이라고요.

🙂 아, 그 말. 형님이 말하는 방식이지. 나라는 사람은 모든 것을 다 갖췄다는 뜻이라오. 다만 그렇게 말하면 내가 기고만장할까 봐 도량 이야기를 슬쩍 가져온 것이고.

🙂 와우, 들던 것보다 자뻑 충만. 존경스럽습니다!

🙂 내가 좀 특출나기는 하지. 그런데 자뻑은…… 혹시 자복이란 뜻이오?

🙂 이기경에게는 왜 그렇게 함부로 대했습니까?

🙂 어디서 얻어듣고 하는 소리인지 모르겠으나 나는 함부로 한 적 없소. 나는 나름대로 최선을 다했다오. 내 생각에 그자는 악당의 마음을 타고났소. 여러 차례 충고하고 기회를 줬지만 늘 나를 잡아먹지 못해 안달복달했지. 나에 대한 열등감이 악한 마음으로 바뀐 거요.

🤓 정약용 님의 잘못은 없었나요?

😐 잘못? 내 능력이 출중한 게 잘못은 아니지 않소?

🐵 이기경으로서는 정약용 님에게 서운하지 않았을까요?

😐 서운한 점도 있었겠지. 세상에 서운한 게 없는 사람이 어디 있겠소? 하지만 나는 분명히 말하오. 설사 내가 이기경에게 모질게 대했다 하더라도, 기억은 별로 없지만 개인적 감정 때문은 아니었소. 우리 남인의 미래를 위해서 어쩔 수 없이 해야만 하는 일들도 있었다오. 이기경은 남인이면서 남인이 아닌 자기를 높이는 일에 더 관심이 많았고.

🤓 새삼 깨닫습니다. 제가 잡은 주제가 완벽했네요. 정말 오만한 정약용이로군요. 자, 마지막으로 고칠 생각은 없습니까?

😐 오만? 내가? 그렇지 않소. 물론 잘 모르는 사람들에게는 그렇게 보일 수도 있겠지. 하지만 세상은……

🤓 처음부터 너무 뜨겁군요. 정약용 씨, 기대 이상입니다. 준비를 정말 많이 해 오셨군요. 자, 까마귀 학생의 발표를 들은 후에 계속하도록 합시다.

😐 무슨 준비를 했다는 건지……. 그리고 왜 남의 말을 자꾸 끊소?

🤓 정약용 씨 진정하시고, 진지하게 경청해 주세요. 이제 까마귀 학생의 발표를 듣겠습니다.

14장
네 번째 수업 ②

까마귀가 글을 발표하고 토론합니다.

까마귀의 발표

정약용은 열다섯 살 때 성호 이익 - 앞으로는 성호 선생으로 부르겠습니다 - 의 글을 처음 읽고 완전히 반했습니다. 성호 선생을 등불로 삼아 학문에 정진하기로 마음먹은 이유입니다.

성호 선생이 남긴 글을 처음으로 보았다. 일세의 후학들이 선생의 학문을 따르지 않는 자가 없었다. 내 커다란 꿈은 성호 선생을 사숙하는 가운데 깨달은 것이 많다.

정약용은 스물한 살 때 성호 선생의 옛집을 찾은 후 감격에 겨워 시를 썼습니다. 극찬의 연속인 것으로 볼 때 성호 선생에 대한 존경심이 대단했다는 사실을 알 수 있습니다. 정약용에게 성호 선생은 선각자였고 없던 길을 새로 낸 사람이었습니다.

> 덤불에 한 줄기 길을 내셨으며
> 굳게 닫힌 자물통을 홀로 여셨지.
> 어리석고 못난 나는 다 가늠하지도 못한다.
> 신묘한 움직임이 참 깊기도 하다.

그런데 나이가 들고 공부가 깊어지면서 정약용의 생각이 바뀌었습니다. 존경의 마음이 조금 줄어들고 정약용 특유의 날카로운 비판이 조금씩 그 자리를 채웠습니다. 강진에서 유배 생활을 하던 1811년, 즉 정약용 나이 마흔아홉 때 둘째 형님에게 보낸 편지를 살펴보겠습니다.

> 『성호사설』은 열에 두셋 정도만 쓸 만합니다. 1면당 10행 20자로 만든다면 7, 8책을 넘기지 않고 끝낼 수 있겠습니다. 『예식』의 경우는 심각합니다. 지나치게 간략하게 추린 게 큰 문제인데, 지금의 예절에도 어긋나고 옛 사례에서도 근거를 찾을 수 없는 것이 셀 수 없이 많습니다. 이 책이 널리 유포되어 식견 있는 자들이 본다면 대단히 미안할 노릇입니다. 이를 어쩌면 좋겠습니까?

성호 선생의 대표작 『성호사설』에는 쓸데없는 내용이 많으며, 반대로 『예식』은 지나치게 간략하고 내용도 부실해서 남들에게 보이기 부끄러울 정도라는 냉정한 의견입니다.

한때 성호 선생을 존경했던 정약용은 자신이 보기에 여러 가지로 잘못된 성호 선생의 책들을 도저히 그냥 둘 수 없었습니다. 그래서 후손에게 직접 편지를 보내 대폭 수정하자는 의견을 전했습니다. 난데없이 날아온 폭탄 편지에 후손은 꽤 당황했겠지요. 하늘 같은 조상의 책을 요약본 수준으로 마구 잘라 내겠다니, 도저히 받아들이기 어려운 요청이었을 것입니다. 후손은 답장을 보내지 않는 것으로 거절의 말을 대신했습니다. 이만하면 물러설 법도 한데 정약용은 도리어 격분했습니다. 둘째 형님에게 보낸 편지입니다.

(성호 선생의 증손자) 이재적에게 편지를 보내 그 집안의 저술을 수습하는 방법을 (제 딴에는 친절히) 언급했습니다. 그런데 여태 답장을 받지 못했습니다. 마음이 상했나 봅니다. 속 좁고 한심한 후손들, 그자들에게 도대체 뭘 바라겠습니까?

정리합니다. 정약용은 공부가 무르익지 않은 시절에는 성호 선생을 성인처럼 존경했으나 학문에 대한 가치관이 정리된 후에는 성호 선생을 그다지 높이 평가하지 않았음을 알 수 있습니다. 못을 박는 의미로 자료집에 실린 글을 인용합니다.

> 성호 선생은 남인들에게 높은 산처럼 우뚝 솟은, 범접할 수 없는 대학자였다. 하지만 정약용의 생각은 달랐다. 산만하고 체계가 잡히지 않은 글을 쓴 사람일 뿐이었다. 성호 이익의 저서들은 까다로운 정약용의 눈에는 한없이 부족한 결과물이었다.◆

평가가 바뀐 것은 잘못이 아닙니다. 공부하는 학자로서 충분히 있을 수 있는 일이며, 건강한 비판의 측면에서는 오히려 바람직하다고 생각합니다.

문제는 금정 찰방으로 발령받은 이후의 행동입니다. 큰 충격을 받은 정약용은 몸과 마음을 빠르게 추스르고 다음 순서를 밟았습니다. 인근에 거주하던 성호 선생의 후손 이삼환에게 편지를 써서 성호 선생의 문집을 교정하고 싶다는 뜻을 밝혔습니다. 얼마 후엔 이삼환을 직접 찾아가 논의했고, 자신이 일체 비용을 다 부담하겠다는 의사까지 전했습니다. 정약용이 너무 앞서가자 이삼

◆ 『파란 1, 2』(정민 지음)에서 인용한 것으로 보입니다. 선생님의 자료집을 읽어 보지는 못했으나 『파란 1, 2』를 비롯해 『다산의 한평생』, 『사암 정약용 전기』, 『다산산문선』, 『혼돈록』 등을 두루 참고한 것 같습니다. 물론 추측이며 확실한 것은 아닙니다.

환은 한 걸음 물러났습니다. 조금 부담을 느꼈습니다. 그러나 거절할 명분이 없었습니다. 이삼환 또한 언젠가는 하고 싶던 일이었기 때문입니다.

문제를 제기한 건 이삼환을 모시던 남인 제자들이었습니다. 그들은 정약용이 천주교 문제를 덮기 위해 성호 선생을 이용한다고 정확하게 포인트를 짚어 말했습니다. 이삼환은 주저했습니다. 골치 아픈 천주교와는 엮이고 싶지 않았기 때문입니다. 이삼환은 일을 천천히 진행하기로 했습니다. 갑작스럽게 제동이 걸리자 정약용은 화가 났습니다. 정약용은 가까운 사람에게 편지를 써서 분노를 터뜨렸습니다.

> 아무개가 저를 헐뜯고 비방한다고요? 진실로 그 낯짝을 한번 보고 비웃어 주고 싶네요. 특별한 구경거리로 삼고 싶네요.

쇠뿔을 단김에 빼려던 정약용의 구상은 완전히 꼬였습니다. 그러나 우리도 알다시피 정약용은 물러설 줄 모르는 사람이었습니다. 정약용은 여러 경로를 동원해 이삼환을 집요하게 설득했습니다. 그 결과 얼마 후 온양 봉곡사에서 교정 작업이 열렸습니다. 놀라운 건 정약용의 태도입니다. 정약용은 천연덕스럽게, 감격스럽게 이때의 모임을 설명합니다.

가까운 고을에 사는 동료들이 차례로 모여들어 성호 선생의 글을 교정했다. 「가례질서」부터 시작하기로 했다. 낮에는 동료들과 「가례질서」를 깨끗이 베껴서 쓰고, 이삼환 선생이 최종 교정했다. 밤에는 동료들과 토론했다. 질문과 대답이 오갔고, 이삼환 선생도 의견을 밝혔다. 무려 열흘을 이같이 했다. 더할 나위 없이 즐거웠던 시간이었다.

이삼환은 어떻게 생각했을까요? 사람들 앞에서는 매우 만족스러운 작업이었다고 말했습니다. 하지만 정약용에게 보낸 편지에서 이삼환은 비로소 진심을 드러냅니다.

송곳 끝이 튀어나오는 듯한 날카로운 기운이 조금 많고, 끝내 속으로 감추어 두는 뜻은 조금 부족한 듯하오.

정약용의 오만함과 나서기 좋아하는 모습에 대한 비판입니다. 겉으로는 허허실실했던 이삼환이었습니다. 물러나는 척, 정약용을 다 받아들이는 척했던 이삼환이었습니다. 실은 이삼환은 사람을 보는 눈이 뛰어난 분이었습니다. 이삼환이 보기에 정약용은 자기 이익을 위해 성호 선생을 이용한 것이었습니다.

결론입니다. 정약용은 이삼환과 했던 약속, 다음 해에도 교정 작업을 함께 하겠다던 약속을 지키지 않았습니다. 자신이 목적했던 결과는 이미 이루었기 때문입니다. 이상이 내로남불 정약용이 자신을 위해 성호 선생을 멋대로 이용한 사건의 요약입니다.

토론

🐦 할 말은 많소만 하나만 묻겠소. 도대체 내로남불이 뭐요? 자랑 같기는 하나 내 불교에도 박식하여 여러 부처의 이름을 들어 봤지만, 내로남불은 처음 듣소.

🧑 이런, 수준 이하의 농담이네요. 이번 멘트는 정말 실망, 실망. 까마귀 님을 대신해 묻습니다. 성호 이익을 이용해 먹은 거, 인정하십니까?

🧑 이용해 먹어? 그게 무슨 상스러운 말이오?

🧑 알겠습니다. 교묘하게 이용한 것으로 체인지.

🧑 도저히 인정할 수 없소. 댁들이 결정적인 증거라 생각하는 편지 앞부분에 이렇게 썼소. '성호 선생의 저술은 100권 가까이 됩니다. 혼자 생각해 보니 우리가 천지의 광대함과 일월의 광명함을 알 수 있는 것은 모두 이 어른의 힘입니다. 그가 남긴 저술을 교정해 올바른 책으로 만드는 것은 모두 저의 책임입니다.' 존경하는 선생의 책에 흠이 있는 걸 알면서 그대로 두는 게 후학의 도리라는 거요?

🧑 후손들에게 좀 더 정중하게 요청했으면 좋았을 텐데요.

🧑 과공비례도 모르오? 지나친 공손함은 오히려 예의에 어긋나는 것이오.

게다가 후손들은 아무래도 자기 손으로 조상님의 글을 고치기는 좀 어렵소. 그래서 내가 손을 내밀었던 것이고. 이왕 손을 댈 거면 지식이 풍부한 내가 하는 게 좋으니까.

🙂 문집 교정은 아무래도 지나치게 발 빠른 행동이었습니다. 천주교 문제를 덮으려는 속셈이 빤히 보였습니다.

🙂 그 문제는 그리 간단치가…….

🙂 말씀하세요.

🙂 무엇보다도 임금께서 원하는 바였기 때문이오.

🙂 다 계획된 행동이었다는 뜻인가요?

🙂 일석이조라는 것이오. 천주교 문제에 대한 부담도 덜고 성호 선생의 저술도 고쳤으니, 이보다 좋은 일이 어디 있겠소?

🙂 모두에게 좋은 일이다? 본인의 실수를 인정하지 않는다는 의미로 받아들여도 되겠습니까?

🙂 실수? 내가?

🙂 정약용 씨, 실수는 인정하고 넘어가는 게 좋겠습니다. 사전에 이야기했던 사항, 이 수업의 목표를 기억해 주세요.

🙂 무슨 이야기? 하나 물읍시다. 댁은 도대체 누구기에 아까부터 내게 명령 조로 말하는 거요?

🙂 오호, 발끈 화를 내는 게 진짜 정약용 같아. 연기력 짱! 우리가 조사한 거랑 성격이 똑같네.

🙂 진짜 정약용? 그럼 내가 가짜요? 이 사람들이 보자 보자 하니까…….

🙂 정약용 씨, 그만 하세요.

🙂 어유, 이게 이게 무슨…….

🙂 자, 아직 나눌 이야기가 많습니다. 어깨 힘을 좀 빼세요. 다음으로 넘어갑시다.

15장
네 번째 수업 ③

토끼가 글을 발표하고 토론합니다.

토끼의 발표

말과 행동이 깃털처럼 가벼운 정약용이 또 사고를 쳤다. 도성 문을 나서 고향 집으로 가 버린 것이다. 벼슬하는 자는 임금의 허락을 받지 않고는 도성 문을 나서지 못하게 되어 있다. 그걸 모를 리 없는 좌부승지 정약용이 보란 듯이 무단으로 근무지를 이탈해 고향 집으로 가 버린 것이다. 정약용은 사흘 후에 아무 일도 없었다는 듯이 당당하게 돌아왔다. 더 어처구니없는 건 나를 보자마자 지난 사흘의 일을 신나게 떠들어 댄 것이다. 정약용의 돌발 행동으로 이미 조정이 잔뜩 시끄러워졌는데.

정약용이라는 인간의 됨됨이를 잘 아는 나는 군소리 없이 하는 말을 다 들어주었다. 하지만 참고 듣기가 정말로 힘들었다. 사흘 동안 했다는 일의 수준이 너무나 어처구니가 없었다.

첫날 밤을 고향 집에서 보낸 정약용은 다음 날 형제, 친척들과 함께 배를 타고 강에 나아가 물고기를 잡았다. 잡은 물고기를 배부르도록 먹은 정약용은 신이 났던지 천진암에 놀러 가자고 제안했다. 산나물이 한창이라는 이유였다. 정약용과 그 무리는 나물을 뜯으며 산을 올랐다. 산 중턱 절에 도착해서는 술 마시고 시를 지으며 놀았다.

무단이탈을 감행한 자가 한 일이 고작 고기잡이와 나물 캐기라니……. 그걸 또 굳이 자랑하는 이유는 도대체 뭔가? 게다가 어떻게 된 인간이 잘못했다는 말은 도무지 꺼내지도 않나?

문득 십여 년 전의 일이 떠올랐다. 그해 겨울 과거에서 정약용이 초시에 합격했다. 임금은 정약용을 불러 답안지를 읽게 한 후 이렇게 말했다.

"네 답안이 장원 못지않다. 다만 아직 때가 이르지 않은 것뿐이다."

정약용이 나간 후 임금은 나를 불러 그에게 전할 말을 일러 주었다. 나는 밖으로 나가 임금의 말을 전했다.

"장래에 반드시 재상이 될 거라 하셨네."

보통 사람 같으면 감사하게 여기거나 지나친 말씀이라며 손사래를 치는 것이 보통일 것이다. 정약용은 정약용다운 행동을 했다. 당연하다는 듯이 웃으며 고개만 끄덕거리는 것이었다. 아, 한없이 가벼운 인간 같으니. 하긴, 우리가 처음 만난 날도 그랬다. 기발한 시로 나를 놀린 정약용은 자신이 여덟 살 때 『삼미자집』이라는 시집을 발간했는데 시 볼 줄 아는 사람들이 앞다투어 칭찬했다고, 원한다면 이름과 문구를 적어 선물하겠다고, 자기 입으로 말하는 것이었다. 그때 알아봤어야 했다. 하지만 그때의 나는 자라면 나아지겠거니 생각했다.

정약용은 전혀 변하지 않았다. 깃털처럼 가벼운 성품은 어릴 때나 성인이 된 지금이나 똑같았다. 무단결근을 자기 자랑으로 끝낸 정약용이 가볍게 인사하고 사라졌다. 멀어져 가는 정약용의 등을 보며 나는 결심을 굳혔다. 이 인간과 다시는 같은 길을 가지 않기로.

토론

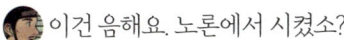이건 음해요. 노론에서 시켰소?
네? 그, 그게……
아이 참, 너무하시네요. 치졸하게 변명으로 일관하는군요. 그럼 토끼

님이 조사한 무단이탈 건은 어떻게 설명하실 건가요?

🙂 치졸? 이 사람들이 진짜. 내 진심으로 말하오. 내 평생 오늘 같은 모욕은 처음이오.

🙂 연기에 너무 열을 올리시는 듯. 열정은 인정, 그래도 수업은 수업이니 질문에 답은 해 주세요.

🙂 좋소. 법대로 곧이곧대로 해석하자면 내 잘못이 분명하오. 하지만 내막을 좀 자세히 이야기하고 싶소. 괜찮겠소?

🙂 해 보시지요, 우리 변명의 마왕님.

🙂 우리, 예의는 지킵시다. 정약용 씨도 최선을 다하고 있으니까요. 그야말로 제 기대 이상입니다.

🙂 그 점은 저도 인정! 정약용 씨 파이팅!

🙂 정약용 씨라……. 아무튼 그 시절의 나는 사면초가였소. 다들 나를 잡아먹지 못해 으르렁거렸소. 꼭 지금처럼. 나는 피하지 않고 맞서 싸웠소. 물러서는 순간 더 큰 피해가 올 테니까. 우리 당과 우리 가족에게 말이오. 하지만 어느 순간 몹시 피곤해졌소. 나도 사람이라 끝없는 싸움에 조금 지친 거지. 그래서 무단이탈을 감행한 거요. 그대로 있다간 제풀에 주저앉을 것 같아서.

🙂 이보전진을 위한 일보후퇴란 말입니까?

🙂 좋은 표현이오. 그런 셈이지. 일단은 생각을 정리할 시간이 필요했소. 그리고 변명하자면 들리는 말만큼 심각한 상황은 아니었소. 잠시 자리

를 비운 수준이라오.

🙂 홍인호한테는 왜 함, 함부로 대하셨나요?

🙂 절대 그런 적 없소. 홍인호는 좋은 사람이었으나 귀가 좀 얇았지. 이 사람 저 사람의 한마디에 사정없이 흔들렸소. 남의 말에 휩쓸려 감히 채제공 정승을 건드린 적도 있었으니. 성격도 꼼한 편이라 자신에게 공격이 쏟아지자 느닷없이 나를 의심하기도 했소.

🙂 홍인호가 문, 문제라는 건가요?

🙂 문제라기보다는……. 좋소, 인정하지. 나 때문인 점이 있기는 했소. 내 성격이 직선적이다 보니 자기들이 멋대로 상처받고 내 탓으로 돌리는 이들도 있었지. 홍인호도 그랬고. 그런데 그게 잘못이오? 그것까지 내가 어떻게 하겠소?

🙂 그게 무슨 인정입니까? 웬만해서는 실수를 인정하지 않네요.

🙂 난 하루를 끝내기 전에 내가 한 행동들을 돌아보고 늘 반성한다오. 그런데 내 잘못도 아닌 일을 반성할 수는 없는 노릇이지 않겠소?

🙂 대사 좋고, 표정 좋고. 명연기입니다. 모두 박수!

🙂 지금 비꼬는 거요? 나도 더 이상은…….

🙂 정약용 씨, 잘하고 있습니다. 다만 오버는 금물입니다. 여긴 학교이고, 지금은 수업 시간이며, 학생들의 발언이라는 점을 생각하라는 겁니다. 자, 다음으로 넘어갑시다.

16장
네 번째 수업 ④

올빼미가 글을 발표하고 토론합니다.

올빼미의 발표

정약용은 유배 생활을 마치고 고향으로 돌아온 후 직접 묘지명을 썼습니다. 이 글에 천주교와의 관계가 상세히 나와 있습니다. 묘지명에 따르면 정약용이 천주교를 처음으로 접한 것은 스물두 살 때의 일이었습니다.

1784년(정조 8년) 여름에 이벽을 따라 두미협으로 배를 타고 내려왔다. 그때 처음으로 천주교에 대해 듣고 한 권의 책을 보았다. 성균관 시험에서 매번 높은 성적으로 뽑혀서 책과 종이와 붓을 상으로 하사받았다. 가까운 신하처럼 임금께서 자주 면담할 기회를 주시고 경연에 참석하게 하셔서 다른 것에는 진실로 관심을 기울일 겨를이 없었다.

정약용이 천주교 문제를 말할 때 즐겨 사용하는 글쓰기 방법을 설명하겠습니다. 천주교에 관련된 사항을 간략하게 밝힌 뒤 바로 해명, 혹은 변명하는 것입니다. 위의 글이 말하고자 하는 바는 이렇습니다. 천주교를 접한 것은 사실이나 시험에 신경 쓰느라, 임금님의 관심에 부응하느라 천주교에 깊은 관심을 기울일 시간이 없었다는 것입니다. 정말 그랬을까요?

정약용이 천주교를 처음 접한 정황을 쓴 또 다른 글 두 편을 살펴보겠습니다. 첫 번째는 정약전의 묘지명입니다.

1784년 4월 15일에 큰형수의 제사를 지낸 뒤 우리 형제와 이벽이 함께 배를 타고 물길을 따라 내려왔다. 그 배 안에서 이벽에게 천지조화의 시작과 육체와 정신, 삶과 죽음의 이치에 대해 들었다. 멍하고 놀랍고 의심스러웠다. 마치 은하수가 끝이 없는 것 같았다. 서울로 돌아온 뒤에 다시 이벽을 찾아가 「천주실의」, 「칠극대전」 등 몇 권의 책을 보았다. 비로소 기뻐하며 천주교에 마음이 쏠렸다. 그러나 이때는 제사를 지내지 않는다는 말은 없었다. 1791년 겨울 이후로 나라에서 천주교를 금함이 더욱 엄중해졌다. 마침내 분명히 천주교와 결별했다.

천주교를 처음 접했을 때의 사정이 정약용의 묘지명보다 훨씬 상세하게 설명되어 있습니다. 정약용 본인이 아니면 알 수 없는 내용이 실려 있는 것으로 보아 이 글이 더 사실에 가까운 것으로 볼 수 있습니다. 두 번째로 살펴볼 글은 1797년, 서른다섯 살 때 동부승지를 사직하며 쓴 상소의 요약입니다. 천주교와 관련한 부분을 살펴보겠습니다.

> 말을 박절하게 할 수 없어서 '책을 보았다.'라고 했습니다. 책을 보는 데에서 그쳤다면 어찌 바로 죄가 되겠습니까? 일찍이 마음으로 흔연히 좋아하고 사모했으며, 처음부터 치켜세우며 사람들에게 자랑하기도 했습니다. 마음의 본바탕에도 처음부터 기름이 배어들고 물이 스며들며 뿌리가 내리고 가지가 우거졌는데 스스로 깨닫지 못했습니다.

묘지명에서 '책을 보았다'고 쓴 것의 자세한 의미를 밝혔습니다. 책을 보았다는 것은 그냥 펼쳐 봤다는 뜻이 아니라 빠져들었다는 의미입니다. 책을 정말로 좋아하고 사모했으며, 사람들에게 널리 알리고 권하고 다녔음을 알 수 있습니다. 문제는 이 글이 탄생한 이유입니다. 노론의 계속된 공격에 대응하기 위해 쓴 글입니다. 이삼환이 지적했듯 '변명'을 하려고 쓴 글입니다. 정약용은 천주교에 대해 조금씩 변명하며 위기를 넘겨 왔습니다. 하지만 노론은 그냥 넘어가지 않았습니다. 그러자 정약용은 작심하고 가능한 한 상세하게 자신의 마음을 밝힌 것입니다. 그러므로 정약용의 관심사는 천주교를 처음 접했던 시기의 진실을 밝히는 데 있다기보다는 정치적인 위기를 해소하려는 데 있었던 겁니다. 우리는 정약용의 말이 계속 바뀌는 데 주목해야 합니다. 천주교 관련 여부를 밝히는 게 아니라 정약용의 오락가락하는 태도가 관심사라는 점을 잊지 않았으면 합니다.

여러분에게 다시 묻습니다. 우리가 대학자, 심지어는 역경을 극복한 초인적 의지를 지닌 사람이라고 불리는 정약용은 실제로는 과연 어떤 사람이었을까요?

토론

- 미리 말하겠소. 이건 다 음모요. 댁들은 노론과 손을 잡은 것이 분명하오. 천주교와 관련해서는 아무 말도 하지 않겠소.
- 조금 지치네. 천주교와 관련해서는 잘못을 인정하는 겁니까?
- 그렇지 않소. 댁들은 이미 결론을 내놓고 있소. 그런 상황에서 내가 말하면 말할수록 오해만 더 커지오.
- 정약용 씨, 조금은 설명해도 괜찮습니다. 우리가 합의한 선에서라면 말입니다.

🙂 댁이 하는 말을 도무지 이해하지 못하겠소. 내가 댁의 말을 들어야 할 이유라도 있소?

🙂 이벽을 원망하지는 않습니까?

🙂 원망? 내가? 딱 한마디만 하지. 이벽은 신선이었소. 나 같은 사람은 이벽에게 도저히 미칠 수가 없소. 너무도 일찍 세상을 떠난 이벽을 생각하면 아직도 마음이 아프오.

🙂 정약용 님은 죄인입니까?

🙂 도대체 무슨 소리요?

🙂 천주의 뜻을 거역하고 명령을 받아들이지 아니한 인간을 죄인이라고 합니다. 다시 묻지요. 정약용 님은 죄인입니까?

🙂 대답하지 않겠소.

🙂 책에 나와 있잖습니까?

🙂 뭐요?

🙂 자꾸 이러시면 곤란합니다. 너무 몰입하신 것 같아요.

🙂 무슨 소리인지 모르겠소.

🙂 정약용 씨!

🙂 왜 언성을 높이시오?

🙂 이 사람이…….

🙂 이 사람?

🙂 흠, 알겠습니다. 흥분해서 미안합니다. 다음으로 넘어갑시다.

🧑 정약용 님에게 글 하나만 읽어 드리고 싶습니다.

🧑 읽어 보시오. 또 무슨 트집을 잡으려는지는 모르겠지만.

🧑 읽겠습니다. '남들이 모르게 하려면 하지 않는 것이 가장 좋다. 남들이 듣지 못하게 하려면 말하지 않는 것이 가장 좋다. 이 두 문장을 신조로 삼으면 하늘에 떳떳하고, 집안을 지킬 수 있다.' 정약용 님은 정말로 이 글처럼 사셨습니까?

🧑 난 그런 글을 쓴 적이 없소.

🧑 앞으로 쓸 글입니다.

🧑 도대체 무슨 소린지.

🧑 알겠습니다. 다음으로 넘어갑시다.

17장
네 번째 수업 ⑤

나무늘보가 글을 발표하고 토론합니다.

나무늘보의 발표

임금에게서 다음과 같은 은밀한 명령이 내려왔다.

사헌부와 사간원에서 일할 만한 남인을 추천하라.

노론이 왕권마저 위협하며 정국을 주도하는 꼴을 더 두고 볼 수 없다는 뜻이었다. 100여 년 동안 소외되었던 남인을 정국 운영의 한 축으로 삼겠다는 의사를 밝힌 것이나 마찬가지였다. 임금은 남인 출신 재상 채제공, 그리고 남인의 대표 격인 이가환과 이익

운에게도 똑같은 명령을 내렸다. 함께 의논해 천거하라는 의미였다. 나를 제외한 세 사람의 의견은 똑같았다.

"권심언부터 천거합시다."

나는 입을 열지 않았다. 그들은 나의 침묵을 동의로 여겼다. 하지만 나는 동의하지 않았다. 임금의 생각을 좀 더 분석할 시간이 필요했다. 임금이 원한 건 과연 권심언 한 명뿐이었을까? 혹시 더 많은 남인을 바란 건 아니었을까? 갑작스레 닥친 중대한 결정의 상황들. 이전, 똑같은 상황에서 나는 어떻게 했나?

이진동의 이름이 떠오른다. 1789년 가을, 아버지를 만나러 지방에 갔다 오던 중에 안동 유림들이 몹시 흥분해서 나를 찾아왔다. 경상도 관찰사 홍억이 이진동 체포 명령을 내렸다는 것이었다. 노론 치하에서 억울하게 죽은 영남 남인들의 신원을 요구하는 상소를 올린 이가 바로 이진동이었다. 임금은 이진동을 직접 불러 칭찬을 아끼지 않았다. 노론 측에서는 받아들일 수 없는 사건이었다. 이를 갈며 때를 기다리던 노론이 홍억을 동원해 이진동 체포 작전을 벌인 것이었다. 그 당시 나는 막 정계에 입문한 신진 관료에 지나지 않았다. 하지만 나는 오래 생각하지 않았다. 중요한 건 단 하나, 이진동을 살리는 일이었다. 나는 체포를 피해 숨어 있던 이진동을 찾아내 안전한 장소에 숨겼다. 쓰고 보니 간단한 일처럼 느껴지나 쉽지 않은 일이었음은 더 말할 필요도 없다.

과정은 무모했으나 결과는 좋았다. 임금은 홍억을 파직하는 것으로 대답을 대신했다.

사도세자의 이름도 떠오른다. 1790년 봄, 사소한 실수로 열흘간의 유배 생활을 한 나는 돌아오는 길에 온양 온천에 들렀다. 동네 노인이 내게 30년 전 방문했던 사도세자 이야기를 들려주었다. 세자는 온천 서쪽 담장 아래에서 다섯 개의 화살을 쏜 후 기념으로 홰나무를 심었다는 것이었다. 정신이 번쩍 들었다. 당장 몸을 움직여 홰나무를 찾았다. 홰나무는 참혹했다. 오이와 칡이 덩굴을 이루어 홰나무를 덮었고, 기와 조각과 똥이 사방에 널렸다. 마치 내가 모욕을 당한 것처럼 얼굴이 화끈거렸다.

관아에서 홰나무를 돌보지 않는 이유는 명확했다. 노론이 원하지 않기 때문이었다. 정치적으로 민감한 사안이었다. 냉정하게 생각하면 내가 나설 일은 아니었다. 하지만 내 성격상 도저히 가만히 있을 수 없었다. 나는 관아에 명령했다. 당장 풀을 뽑고 깨끗이 정리하고 정성껏 단을 쌓으라고. 미적거리던 관아는 내가 이름을 밝히자 일을 서둘렀다. 그들도 임금이 총애한다는 내 이름은 들어 본 적이 있었던 것.

돌이켜보면 일단은 행동하고 저질러 보는 게 나라는 사람의 기본 특성이었다. 1791년 여름의 일도 그 증거다.

그해 여름 나는 한치응을 비롯한 여러 친구들과 명례방에 모였다. 술이 몇 순배 돌자 찌는 듯 뜨거운 열기가 몸 안팎에 가득했다. 검은 구름이 사방에서 일어났고, 마른 천둥소리가 멀리서 들려왔다. 나는 술병을 차고 벌떡 일어나면서 말했다.

"한바탕 폭우가 쏟아질 징조라네. 어떤가, 우리 모두 세검정에 가 보지 않겠는가? 거부하는 이에겐 벌주 열 병을 선사할 테니 각오하게."

폭우에 세검정이라니. 끌리는 조합은 아니었다. 머뭇거리다가 끝내는 거부하리라 짐작했다. 뜻밖에도 다들 찬성하고 나섰다.

우리는 밖으로 나와 마부를 재촉했다. 창의문을 나서자 빗방울이 뚝뚝 떨어졌는데 크기가 벌써 주먹만 했다. 말을 달려 정자 아래 이르렀다. 수문 좌우의 산골짜기에서는 고래가 물을 뿜는 듯했고, 옷소매는 빗방울에 잔뜩 얼룩이 졌다. 정자에 올라 자리를 펴고 난간 앞에 앉았다. 나무들이 미친 듯이 흔들렸고 차가운 기운이 뼈에 스며들었다. 비바람이 크게 불더니 산에서 내려오는 물이 갑자기 들이닥쳐서 눈 깜짝할 사이에 계곡은 물바다가 되어 물 부딪치는 소리가 천지를 뒤흔들었다. 모래와 바위가 함께 흐르고 굴렀다. 물은 정자의 주춧돌까지 다가와 매섭게 할퀴고 지나갔다. 형세는 웅장하고 소리는 맹렬했다. 서까래와 난간이 흔들리니 몸이 다 떨려서 붕붕 뜬 느낌이 들었다. 기쁨으로 흥분한 내가 어떠냐고 묻자 모두 이렇게 대답했다.

"이루 말할 수 없이 좋군."

나는 눈을 떴다. 결론을 내렸다. 이번에도 내 방식대로, 다시 말해 폭우에서 세검정으로 향했던 그 기상을 발휘하기로. 저지르고 보기로. 행동하고 보기로. 나는 남인 28명의 이름을 적었다. 그들의 가문과 그들을 추천하는 이유까지 상세하게 적었다. 마지막에는 이렇게 썼다.

제가 추천한 28명 중 시급하지 않은 사람은 한 명도 없습니다.

임금은 어떻게 했을까? 내가 추천한 남인 중 여덟 명을 뽑았다. 그리고 몇 년 동안 나머지 스무 명도 대부분 뽑혔다. 나의 과감함이 만든 결실이었다. 물론 나도 알았다. 언젠가는 일단 움직이고 보는 나의 방식이 내 발목을 잡으리라는 것을. 하지만 어쩌겠는가? 그게 바로 '나'라는 사람인 것을. 내가 나를 배신할 수는 없는 법이므로.

토론

아, 내가 먼저 말해도 되겠소?

🧑 물론입니다.

🧔 뭐랄까, 댁의 글은 꽤 울림이 있구려.

🧔 감사합니다.

🧔 오래전 세검정에 돌진하듯 찾아갔던 그날이 지금도 선명하게 생각나오. 참으로 대단한 날이었지. 일생에서 두 번 다시 경험하기 어려운.

🧔 몇 년 전까지 세검정 근처에 살았습니다. 맑은 날의 세검정을 보았고, 흐린 날의 세검정을 보았고, 비 오는 날의 세검정을 보았습니다.

🧔 가장 좋았던 것은 무엇이오?

🧔 저 또한 비 오는 날의 세검정을 무척 좋아했습니다.

🧔 그렇군. 생각해 보면 그리 오래전의 일도 아닌데 그날이 꿈만 같구려. 머리와 몸으로 그날의 비와 바람을 생생하게 기억하는데도 꼭 꿈만 같구려. 왜 그런 것인지.

🧔 저는 정약용 님이 '유세검정기'라 이름 붙인 이 글을 가장 좋아합니다. 기분이 울적할 때 이 글을 떠올리면 맺혔던 마음이 조금은 풀렸지요. 그날은…… 조금 달랐습니다. 머릿속으로 서너 번을 반복해 외웠는데도 기분은 조금도 나아지지 않았습니다. 제가 저지른 실수, 아니 죄가 그만큼 무거웠기 때문이겠지요.

🧔 무슨 실수, 혹은 죄를 저질렀는지 물어봐도 되겠소?

🧔 대답하고 싶지 않습니다.

🧔 알겠소.

🐵 회피하는 게 아닙니다. 어떻게 대답해도 변명으로 들릴 것이기 때문입니다. 확실한 것은 하나입니다. 저는 죄를 저질렀습니다. 다른 학생들과 학교에…….

👤 말하지 않아도 됩니다.

🐵 참담했던 제 기분만 털어놓겠습니다. 저는 죄를 지은 죄인입니다. 다른 학생들과 학교에 피해를 주었습니다. 그 점은 바뀌지 않습니다. 이것이 제가 오랜 고민 끝에 내린 결론입니다.

👤 스스로 낮추지 마세요. 죄인이 아니라 실수한 사람입니다.

🐵 저는 잘 모르겠습니다. 실수라고 생각하고 싶지만, 마음 깊은 곳에서는 죄라고 말합니다.

👤 그 마음은 이해합니다. 하지만 흔들려서는 안 됩니다. 후회의 물결에 몸을 맡겨서는 안 됩니다. 분명히 말합니다. 나무늘보 학생은 죄인이 아니라 실수한 사람입니다.

🐵 저는 잘 모르겠습니다. 제가 아는 건 한 가지입니다. 제가 큰 실수, 즉 죄를 저질렀다는 것, 그 한 가지입니다.

👤 댁의 말을 들으니 나 또한 겸손해지는구려. 사실 나는…….

***

나는 말을 끝내지 못했다. 준엄한 바람 한 줄기가 불었다. 풍경이 갑자기 달라졌다. 나는 좁고 검은 구멍 속에 있었다. 몸은 무거웠고 정신은 멍했다. 어떻게 된 것일까?

이상한 기억이 떠올랐다. 처음 보는 낯선 공간에서 처음 보는 이들, 아직 어린 학생들과 그들의 선생에게 집요한 추궁을 당한 기억. 그들은 내게 줄기차게 말했다. 실수를, 잘못을, 죄를 인정하라고.

나는 어떻게 했던가? 그들의 추궁은 기억나는데 내 대답은 머릿속에 없었다. 주먹으로 이마를 툭툭 치고, 눈살을 찌푸리고, 머리를 쓰다듬어도 대답은 전혀 기억나지 않았다. 나는 도대체 그들에게 뭐라고 했을까? 인정하기는 했을까? 아, 후회 속에 떠오르는 매서운 글 하나.

남들이 모르게 하려면 하지 않는 것이 가장 좋다. 남들이 듣지 못하게 하려면 말하지 않는 것이 가장 좋다. 이 두 문장을 신조로 삼으면 하늘에 떳떳하고, 집안을 지킬 수 있다.

아, 나를 채찍질하는 것 같은 글. 글의 무게에 가슴이 아팠다. 누군가의 말이 머릿속에 떠올랐다. 후회의 감정이 통증으로 나타나는 겁니다.

후회, 그리고 실수. 평소의 나와는 거리가 먼 단어들이었다. 지금의 나에겐 심사숙고해야 할 중요한 단어들이었다. 그래, 나는 급전직하한 사람이었지. 내 실수, 잘못, 혹은 죄를 떠올리며 후회하고 또 후회하며 긍정으로 오고 있었지. 하지만 나는 내 실수를 진심으로 인정하지는 않았지. 후회는 분노에 더 가까웠지. 세상이 나를 질투해 구렁텅이에 빠뜨렸다고 생각했으니까. 속 깊은 곳에서는 절대 내 실수를, 잘못을, 죄를 받아들이지 않았으니까.

갑자기 세검정이 떠올랐다. 몇 해 전 바람을 동반한 폭우가 퍼붓던 날, 가장 가까운 이들과 찾았던 장소, 세검정. 그날 나는 온몸이 흠뻑 젖었는데도 아이처럼 즐거워했지. 나를 떠미는 바람 앞에서도 온전히 기쁨의 감정만을 누렸지. 아, 그때의 나와 지금의 나는 얼마나 달라졌는가? 나는 왜 이리 몰락하고 시들었는가? 내 몸과 마음은 왜 이리 추레해졌는가?

"너는 이제 첫걸음을 내디딘 자가 아니더냐?"

어딘가에서 목소리가 들렸다. 어디에서 나는 소리인지 도무지 알 수 없었다. 높은 곳에서 내려오는 소리 같기도 하고, 바닥에서 올라오는 소리 같기도 하고, 내 몸뚱이에서 나오는 소리 같기도 했다. 방향 감각의 상실. 현실과 비현실의 경계. 정신 차리자.

나는 목소리가 말한 내용에 집중하기로 했다. 너는 이제 첫걸음을 내디딘 자가 아니더냐. 그것은 익숙했다. 분명 내가 아는 문장이었다. 그 문장은…… 그 문장은……. 나는 손바닥으로 무릎을

쳤다. 오래전 읽고 외운 퇴계 선생의 편지였다. 나는 기억 속에서 편지를 꺼내 조용한 목소리로 읽었다.

너는 이제 첫걸음을 내디딘 자가 아니더냐? 그런데 감히 남들보다 낫다고 자만해서야 되겠는가? 고개가 유난히 뻣뻣한 너에게 진정한 용기가 무엇인지 알려 주마. 허물을 고치는 데 인색하지 않은 것, 다른 이의 올바른 말을 들으면 의심하거나 반박하지 말고 곧바로 고개 숙이고 따르는 것, 이것들이 진정한 용기이니라. 네 목소리를 높여 주장하고 또 주장하는 게 용기가 아니란 말이니라. 이제 좀 알아먹겠느냐?

편지의 말들이 주먹이 되어 내 등짝을 후려쳤다. 번개가 튀었다. 숨이 멎을 정도의 통증이 찾아왔다. 그래도 나는 비명 하나 지를 수 없었다. 그른 것이 단 하나도 없었기에. 입을 꼭 다물고 통증을 견디는 내게 또 다른 목소리가 들려왔다.

"집 나간 말은 도대체 어찌 찾으려느냐?"

이번에는 손바닥으로 무릎을 칠 필요도 없었다. 어릴 적 읽고 외운 성호 선생의 편지였다. 나는 기억 속에서 편지를 꺼내 조용한 목소리로 읽었다.

네 놈이 드물게 총명하다는 건 나도 잘 안다. 조만간 네 놈 앞에 닥칠 미래도 너보다 잘 알고. 너는 온 마음을 다해 세상의 기대에 부응하려 할 것이다. 네 얕은 지식을 앞세워 남들 앞에 서려 할 것이다. 어떻게 될까? 네놈도 모르는 사이 집을 나간 말이 제자리로 돌아오지 못하는 꼴이다. 너에게 묻겠다. 집 나간 말은 도대체 어찌 찾으려느냐? 어리석은 너에게 한 가지 지혜를 알려 주겠다. 사람의 총명과 역량은 원래부터 정해진 양이 있는 것이니라. 그러니 아껴 써라. 낭비하지 마라. 말을 잃어버리지도 마라. 내 말 알아먹겠느냐?

편지의 말들이 주먹이 되어 내 등짝을 후려쳤다. 입을 꼭 다물고 통증을 견디던 나는 더 견디지 못하고 눈물을 흘렸다. 내가 겪은 고난은 내가 만든 것이라는 사실을, 그러니까 내가 원인 제공자라는 사실을 받아들이기로 했다. 그래서 이렇게 고백했다.

"지금의 나를 만든 건 바로 나입니다.

나는 실수한 사람입니다.

나는 죄인입니다."

깊은 어둠 속에서 내 어깨를 두드리는 손길들이 느껴졌다. 왼편 어깨를 두드리는 이는 이렇게 말했다.

"이제부터라네. 한 줌씩 흙을 쌓으면 산이 되는 법. 꾸물거리지도 말고, 서둘지도 말게나."

오른편 어깨를 두드리는 이는 이렇게 말했다.

"병을 고치는 방법이 무언지 아나? 병이 있다는 것을 아는 마음일세. 이제 그대는 첫발을 내디딘 셈이라네."

손길들은 쉼 없이 내 어깨를 두드렸다. 상쾌했으나 아팠고, 아팠으나 상쾌했다. 이내 졸음이 왔다. 여태껏 느껴 본 적이 없는 가벼우면서도 무거운 졸음이었다.

* * *

🙂 엥? 어디 갔지?

😮 와, 정, 정약용 님이 사라졌네요. 아, 아무 소리도 못 들었는데. 솔, 솔직히 유명 배우 같지는 않은데 몸 쓰는 연기가 대단하시네요.

😠 모르겠습니다. 다만…….

🙂 다만?

😠 다만 이런 생각이 들었습니다.

🙂 어떤 생각입니까?

😠 제 잘못을, 실수를, 죄를 고백하고 싶습니다. 더 미루고 싶지 않습니다.

🙂 그럴 필요는…….

🙂 나무늘보 님의 생각에 동의합니다. 저도 동참하겠습니다.

🤓 저도 동참하겠습니다.

🙂 그, 그렇다면 저도…….

🙂 갑자기 왜 이렇게 되는 거지? 그런데 이게 또 옳다는 생각이 드네. 모르

겠다, 저도 동참.

🧑 다들 그렇다면……. 갑자기 마음을 바꾼 이유는 묻지 않겠습니다. 자발적으로 나선 것이니 제가 반대할 명분은 없습니다. 어차피 이 수업은 여러분이 만들어 가는 것이니까요. 그럼, 순서대로 발표하세요. 중요한 건 아니지만, 저도 동참하겠습니다. 마지막은 제가 하도록 하겠습니다.

🧑 나를 비방하는 인간들이 잔뜩 모여 있다는 별관 301호가 여기 맞소?

🧑 누구세요?

🧑 자는 미용 또는 용보, 호는 사암이고 당호는 여유당인데 '겨울 내를 건너듯, 이웃을 두려워하듯 조심조심한다'는 의미를 따서 지었지요. 내 이름은 바로 정약용입니다. 궁금한 것이 있으면 뭐든 물어보세요.

🧑 이럴 수가. 당신이 나와 함께 준비했던 배우님이로군요. 그럼 아까 왔던 사람은 도대체 누구입니까?◆

🧑 도통 무슨 말인지 모르겠습니다. 이제 시작할까요? 여러분, 반갑습니다. 내가 바로 정약용입니다. 금정으로 가는 길이었는데 약간의 사고를 겪는 바람에 이곳으로 오게 되었지요.

◆ 이제 여러분은 선생님이 준비를 많이 했다는 말의 의미를 알게 되었을 것입니다. 제 생각에 선생님은 두 명의 정약용을 미리 준비해 트릭을 쓴 것입니다. 그래놓고도 마치 자신은 전혀 몰랐던 것처럼 말하고 있는 것입니다. 아무것도 모르는 학생들은 아마 얼떨떨했겠지요. 훌륭한 이벤트를 준비한 선 생님께 박수를 보냅니다. 그런데 첫 번째 정약용은 도대체 어떻게 들어왔다 사라진 걸까요? 저도 몹시 궁금합니다.

18장
금정에 도착한 정약용

눈을 떴다. 금정이었다. 나는 금정역 누각에 홀로 누워 있었다. 뉘엿뉘엿 해가 지는 초저녁이었다. 눈앞에 벽오동 한 그루가 보였다. 차가운 우물물 한 바가지가 내 머리를 깨웠다.

"뭐지?"

묘한 감정이 들었다. 설명할 수 없는 많은 일이 있었던 것 같은데 아무것도 떠오르지는 않았다. 분명 뭔가 있었는데, 확실하다 싶은 뭔가가 있었는데 손에 잡히는 것은 전혀 없다. 그래서 벽오동만 한참 보았다. 드디어 머리가 깨어나 반응했다. 내 집 죽란에서 벽오동을 보며 지었던 시가 떠올랐다.

금정의 차가운 안개 벽오동을 감싸고

두레박 소리 끊기자 까마귀 까악깍 울며 지나간다

아하 알겠노라, 날 저물고 별이 뜨면

황혼의 짧은 시간 연기처럼 환영처럼 스르르

사라진다는 것을

그런데 이제 내가 금정에 와 있었다. 거짓말처럼 내 앞에는 벽오동이 있었고 해가 뉘엿뉘엿 지는 때는 이미 황혼. 머릿속에 시가 떠올랐다. 죽란의 시와 비슷하나 다른.

가을바람 불어 벽오동 가지를 흔든다

금정역 난간에 뉘엿뉘엿 지는 해

누각에 올라 술 한 잔을 마시니

초승달이 천천히 눈앞을 지나가네

갑자기 눈물이 나려 했다. 완강히 버텼으나 내가 저지른 온갖 실수를, 잘못을, 죄를 받아들이는 척하다 외면했으나, 나는 결국 금정에 오고 만 것이다. 그렇다면 이것은 운명, 그리고 기회. 그렇다면 이제 무엇을 해야 할까? 무엇을 해야 나는 다시 온전한 내가 될 수 있을까? 내 안에 있던 '나'가 낮은 목소리로 읊조렸다. 내용은 이러했다.

> 잘못을 돌아보는 글들을 지어 사방 벽에 붙일 것.
> 하루에 열 번씩 그 글들을 보며 반성하고 또 반성할 것.

한 가지 궁금증이 생겨났다. 나는 정말 온전한 사람이 될 수 있을까? 실수와 잘못과 죄를 인정하고 후회하고 반성하면 정말 새로운 사람이 될 수 있을까? 모르겠다. 우선은 실수와 잘못과 죄를 인정하고 후회하고 반성할 뿐. 그다음 일은 그다음에 생각할 뿐. 실제인지 환상인지 꿈인지 모르겠으나 내 어깨를 어루만져 주던 이들의 손길만을 생각할 뿐.

어느새 해는 완전히 졌다. 이제 곧 어둠이 주위를 점령할 것이다.◆

◆ 제 생각에 이 문장들은 정약용보다는 선생님의 심정을 토로한 것처럼 느껴집니다. 느낌이 그렇다는 것입니다.

✻ 후기를 대신하여 ✻

 선생님이 준 원고의 끝은 18장이었습니다. 미완성이었다는 말입니다. 원래의 수업 계획대로라면 18장 뒤에는 학생들의 최종 원고, 독창성을 최대로 발휘해 쓴 반성의 글들이 있어야 했습니다. 궁금한 나머지 선생님에게 메일을 보냈습니다. 학생들이 쓴 반성의 글이 없는데 어떻게 해야 하느냐고 묻는 메일을 보냈습니다. 읽기는 했으나 답장은 없었습니다. 그래서 전화를 걸었습니다. 결번이었습니다.

 저는 이 책의 원고를 앞에 놓고 곰곰 생각했습니다. 선생님 요청대로 적당히 손을 보았으니, 제가 할 일은 끝낸 셈이었습니다. 학생들이 쓴 반성의 글은 별도 경로를 통해 처리되었을 수도 있겠다는 생각이 들었습니다. 학생들의 실수를 밝힐 생각이 없었던 선생님을 생각하면 충분히 가능한 일이었습니다. 하지만 무언가 개운치 않았습니다. 선생님은 저에게 이렇게 말했습니다.

제출일이 코앞입니다. 교장은 가혹한 사람이라 이대로라면 분명 퇴짜입니다. 저도, 학생들도 용서받지 못할 겁니다. 미래가 사라지는 겁니다. 실수를 저지른 대가치고는 가혹하지 않습니까?

선생님은 이 일에 진심이었습니다. 조금 과장해서 말하면 사활을 걸었습니다. 제가 파악한 – 고작 한 번 만났으니 잘 아는 건 아닙니다만 – 선생님이라면 모든 과정을 완벽하게 처리하고 싶었을 것입니다. 그렇다면 '전문가'인 저에게 반성의 글도 보여 주고 수정을 받는 것이 이치에 맞겠지요.

저는 고민 끝에 중대한 결정을 내렸습니다. 선생님에게 메일을 보냈습니다. 학교에 찾아가 선생님을 만나 보고 싶다, 선생님과 이야기를 나눈 후 제가 맡은 일을 깔끔하게 마무리하고 싶다는 내용의 메일을 보냈습니다.

읽기 표시는 떴으나 여전히 답장은 없었습니다. 그래서 저는 학교로 갔습니다. 학교에 들어선 저는 운동장을 가로질렀습니다. 정약용 흉상을 보기 위해서였습니다. 하지만 흉상은 없었습니다. 싸한 느낌이 들어 교무실로 갔습니다. 선생님의 이름을 대니 뜻밖의 대답이 돌아왔습니다. 학교를 그만두었다는 것이었습니다. 그렇다면 선생님은 용서를 받지 못한 걸까요?

그때 누군가 제 어깨를 툭툭 쳤습니다. 돌아보니 교장이었습니다. 교장이라고 말하지는 않았지만 한눈에 교장임을 알아볼 수 있었습니다. 뭐랄까, 원고의 이미지와 똑같았거든요. 교장은 무슨 일이냐고 물었고, 저는 잠깐 망설였다가 선생님을 만나러 왔다고 했습니다. 교장은 고개를 끄덕이더니 저를 교장실로 데려갔습니다. 교장은 소파에 앉으라는 말도 하지 않았고, 당연히 차 같은 것은 권하지도 않았습니다. 교장은 교장실 문을 닫은 후 저에게 다짜고짜 이렇게 말했습니다.

"선생님에게 부탁받은 일이 무엇이건 간에 잊어주세요. 선생님은 학교를 그만두었고, 저나 당신이 할 수 있는 일은 아무것도 없습니다."

질문 서너 개가 동시에 머릿속에 떠올랐으나 물을 기회는 없었습니다. 교장은 문을 열고 고개를 끄덕였습니다. 그만 나가라는 뜻이었습니다. 나가기 전에 질문 하나를 던지기는 했습니다.

"교장 선생님은 정약용 전문가입니까?"

교장은 무슨 말인지 알 수 없다는 얼굴로 저를 쳐다보았습니다. 머릿속이 뒤죽박죽된 상태로 교장실을 빠져나왔습니다. 제가 도대체 무슨 일을 겪은 건지도 잘 알 수 없었지요. 밖으로 나온 저는 건물 입구에 있는 안내도를 보았습니다. 안내도에는 별관이 없었습니다. 본관과 서관이 전부였는데 서관에는 3층이 없었습니다. 별관 301호는 있을 수 없다는 뜻이지요.

잠깐 고민하던 저는 웃었습니다. 이미 말했다시피 살다 보면 운이 무척 나쁜 날도 있는 법이니까요. 무슨 일이 일어난 것인지는 알 수 없었지만, 다 잊기로 했습니다. 학교를 빠져나오려다가 마지막으로 운동장을 보았습니다. 운동장 구석에서 휙휙 소리를 만들어내며 야구 배트를 휘두르는, 몸집이 제법 큰 학생이 있었습니다. 저도 모르게 나무늘보 아니야? 하고 중얼거렸습니다. 배트를 휘두르던 학생이 동작을 잠깐 멈추고 저를 보았습니다. 저는 학생에게 다가가 물었습니다.

"나무늘보 맞지요, 전에 야구했던?"

학생은 제 얼굴을 한참 바라본 후 이렇게 말했습니다.

"이 학교에 야구부는 없습니다. 저는 나무늘보가 아니라 사람이고요."

"그렇다면 죄는, 아니 실수는, 잘못은……."

"무슨 말인지 도무지 모르겠습니다. 여기는 교회나 절이 아니라 학교입니다."

나무늘보는, 아니 제가 나무늘보라고 불렀던 학생은 배트를 휘두르던 원래의 일을 계속했습니다. 공도 없이 배트만 휘두르던 일을, 허공에 휙휙 소리를 만들어 내던 그 일을 제가 교문을 빠져나갈 때까지 계속했습니다.

이것이 제가 예고했던 미스터리입니다. 깔끔하게 해결된 맛은 없다는 것이 조금 아쉽지만 말입니다. 아무튼, 여러분도 대략의 사정은 짐작했을 겁니다. 그렇습니다. 이러이러한 일의 결과 부득이 저의 이름으로 이 원고를 발표하게 된 겁니다.

마지막으로 다시 말하겠습니다.

이 책은 제 작품이 아닙니다.

* 정약용 관련 사건들 *

❶ 중국인 신부 주문모 밀입국 사건

18세기 후반, 조선의 지식인들은 천주교 선교사가 아니라 책을 통해 스스로 교리를 배우고 받아들여 믿음을 키웠다. 1783년 이승훈은 중국에 가서 조선인 최초로 세례를 받고 돌아와 이벽, 정약용, 권일신 등에게 세례를 주며 교리를 전했다. 그러나 이승훈은 성직자가 아니었기에 천주교 신자들은 중국 천주 교회에 정식 신부 파견을 요청했고, 1794년 12월 중국인 신부 주문모가 압록강을 건너 몰래 조선에 들어왔다.

주문모 신부는 한 신자의 집에 숨어 지내며 세례를 주고 미사를 집전하면서 조선 내 천주교 신자 수는 크게 늘었다. 하지만 1795년 천주교 신부의 밀입국 사실이 정조에게 보고되었고, 체포령이 내려졌다. 주문모 신부의 밀입국을 도운 윤유일과 지황 등이 붙잡혀 가서 혹독한 고문을 당했지만 끝까지 신부의 행방을 밝히지 않았고, 그 사이 주문모는 피신할 수 있었다.

신부의 체포 실패의 책임을 둘러싸고 정치적 갈등이 커졌다. 노론은 이 사건을 빌미로 남인 세력을 공격했고, 이에 이가환은 충주 목사로, 정약용은 금정 찰방으로 좌천되었으며, 이승훈은 예산으로 유배되었다.

정조가 1800년에 세상을 떠난 뒤, 천주교 탄압은 더욱 거세졌다. 결국

1801년 신유박해 때 자수한 주문모 신부와 이가환, 이승훈이 처형되었고, 정약용은 강진으로 유배되었다. 중국인 신부 주문모가 조선으로 밀입국한 일은 조선에서 초기 천주교 전파 과정과 그로 인한 정치적·종교적 갈등을 보여 주는 중요한 역사적 사건이었다.

❷ 선비 이진동을 구하다

1789년, 정약용은 아버지를 만나러 울산에 갔다가 돌아오는 길에 안동에서 뜻밖의 일을 겪었다. 안동에 남인인 이진동이 있는데, 그는 예전에 이 지역에서 반란이 일어났을 때(1728) 영남 사람들이 모두 반란에 동조한 것이 아니라 오히려 반란을 진압하는 데 참여한 자들이 더 많았다는 상소를 올렸다. 이 반란 때문에 억울하게 죽거나 과거 합격이 취소되었을 뿐만 아니라, 이후에도 그 지역 사람들은 과거 시험도 볼 수 없고 조정에 발을 들일 수조차 없었다.

 정조는 이 상소를 받아들여 이전에 과거 합격이 취소된 사람들을 다시 회복시켜 주고 남인도 과거를 볼 수 있게 해 주었다. 하지만 노론은 이 일이 자신들에게 불리하다고 여기고, 이진동을 없애려 안동 관찰사 홍억에게 다른 핑계로 이진동을 체포해 죽이라는 명령을 내렸다.

근처를 지나다 이 소식을 들은 정약용은 막 관직에 오른 참이라 함부로 이 일에 끼어들기 어려웠다. 하지만 '비록 내게 불이익이 있더라도 억울한 이를 구해야 한다'고 결심했다. 결국 정약용은 나이 많은 이진동을 찾아서 말에 태우고 밤새 산을 넘어 단양으로 피신시켰다. 덕분에 이진동은 목숨을 건질 수 있었다.

이 사건은 정약용이 단순히 뛰어난 학자일 뿐만 아니라 해야 할 일을 위해 위험을 감수한 용기 있는 인물임을 잘 보여 준다.

나무클래식 12
정약용 좀 아는 특별반 아이들

초판 1쇄 발행 2025년 10월 23일

지은이 설훈
그린이 인디고
펴낸이 이수미
편집 김연희
북 디자인 신병근
마케팅 임수진

종이 세종페이퍼 인쇄 두성피엔엘 유통 신영북스

펴낸곳 나무를 심는 사람들
출판신고 2013년 1월 7일 제2013-000004호
주소 서울시 용산구 서빙고로 35, 103동 804호
전화 02-3141-2233 팩스 02-3141-2257
이메일 nasimsabooks@naver.com
블로그 blog.naver.com/nasimsabooks
인스타그램 @nasimsabook

ⓒ 설훈 2025
ISBN 979-11-93156-33-9 (44810)
   979-11-950305-7-6 (세트)

- 이 책은 저작권법에 따라 보호받는 저작물이므로 저작권자와 출판사의 허락 없이 이 책의 내용을 복제하거나 다른 용도로 쓸 수 없습니다.

- 책값은 뒤표지에 있습니다. 잘못된 책은 바꾸어 드립니다.